KB114814

The Record of

재중 귀환록

FUSION FANTASTIC STORY

푸른 하늘 장편 소설

재중 귀환록 7

푸른 하늘 장편 소설

초판 1쇄 찍은 날 § 2014년 8월 27일
초판 1쇄 펴낸 날 § 2014년 9월 3일

지은이 § 푸른 하늘
펴낸이 § 서경석

편집부장 § 권태완
편집책임 § 박가연

펴낸곳 § 도서출판 청어람
등록번호 § 제387-1999-000006호
등록일자 § 1999. 5. 31
어람번호 § 제1-1925호

주소 § 경기도 부천시 원미구 부일로 483번길 40 서경B/D 3F (우) 420-822
전화 § 032-656-4452 팩스 § 032-656-4453
http://www.chungeoram.com
E-mail § chungeorambook@daum.net

ISBN 979-11-316-9178-6 04810
ISBN 979-11-5681-939-4 (세트)

CONTENTS

Chapter 01
귀환

재중귀환록

"언제 여수에 도착해?"

연아가 무료한 듯한 표정으로 재중에게 물어보자, 재중이 피식 웃어버렸다.

지금 이렇게 얼른 크루즈가 여수에 도착하기만을 기다리는 사람이 연아 한 사람만이 아니었기 때문이다.

"재미있지 않아?"

재중이 알면서도 모른 척 슬쩍 물어봤다.

그제야 재중이 기껏 초대했는데 싫은 소리 한 것이 마음에 걸렸는지 다들 미안한 표정을 지었다.

하지만 무료한 것은 어쩔 수가 없는 듯했다.

시선이 계속 바다를 향한 것을 보면 말이다.

"아마 며칠 안에 여수항에 도착할 거야."

"그래? …그럼 이제 크루즈와도 안녕이구나."

입으로는 크루즈에서 이제 내려야 한다는 것이 아쉬운 듯 말했다.

하지만 얼굴로는 오히려 어서 내렸으면 좋겠다는 표정을 숨기지 못하는 연아였다.

사실 연아가 이렇게까지 크루즈를 즐기지 못하게 된 것은 민감하게 따지고 들면 재중 때문이기도 했다.

랜필드가의 망나니, 자살로 더욱 크게 알려진 데이빗 랜필드의 사건 때문이었다.

사건 경위와 관련해 몰려든 경찰들에게 며칠에 걸쳐 지겹도록 조사를 받았으니 말이다.

사실 보통 사람들은 동네 파출소에만 가도 긴장해서 이후로 다시는 파출소 근처도 가기 싫은 게 일반적이었다.

그런데 외국에서 몇 시간도 아니고 며칠 동안 계속 조사를 받았다면 크루즈에 흥미를 잃어버리는 것은 어쩌면 당연한 일일 것이다.

거기다 마지막 날에는 랜필드 가문에서 나왔다는 사람들까지 달려들었다.

하루에 화장실을 몇 번이나 가는지 횟수까지 알아내겠다는 표정으로 사람을 괴롭히던 것이 하이라이트였다.

데이빗과 가장 마지막에 있었던 사람이 재중과 일행이었다는 이유로 무슨 범인 취급을 받기까지 했으니 말이다.

그나마 시우바 그룹에서 나서서 재중 일행을 방어해 줘서 망정이었다.

아니면 어떤 취급을 당했을지 상상하기도 힘들 정도였다.

이처럼 때 아닌 죄인 취급에 신문 같은 취조를 받고 나니 다시 크루즈에 승선하긴 했지만 영 재미가 없었다.

재중의 일행 모두가 파티도, 화려한 놀거리도, 크루즈만의 여러 가지 재미있는 모든 것에 흥미를 잃어버린 것이다.

결국 모처럼의 크루즈 여행이 그저 지루하게 큰 배를 타고 시간만 때우는 여행이 되어버렸다.

불과 며칠이었지만 태어나 한 번 겪어볼까 말까 한 강도 높은 경찰 조사를 당하면서 심신이 모두 지쳐 버린 것이다.

"……."

재중은 자신 때문에 모두가 생전 처음 해보는 크루즈 여행이 엉망이 된 것에 대해 미안한 마음이 조금 생기긴 했다.

하지만 만약 그때 재중이 데이빗 랜필드를 자살로 위장해서 죽이지 않았다면 오히려 더 곤란한 상황에 처했을지도 몰랐다.

아니, 100% 그렇게 되었으리라고 판단한 재중이었다.

대륙에서의 경험으로 귀족 의식이 뼛속까지 스며들어 있는 자들의 행동과 사고방식이 어떤 것인지 재중은 그 누구보다 잘 알고 있었다.

데이빗 랜필드 역시 그들과 별다를 거 없는 인간이라는 건 몇 마디 나눠보지 않아도 알 수 있었다.

귀족 의식이 뼛속까지 가득한 인간들은 절대로 배려라는 것이 없다.

그들은 배려에 대해서 자신보다 강한 자들에게 보내는 복종과도 같은 의미를 가지고 있다고 생각하곤 했다.

강하면 무엇을 해도 용서가 되는, 속칭 로열 블러드라는 자만심이 가득한 녀석들에게는 실패란 있어도 포기란 없었다.

어떻게든 가지고 싶은 것은 가져야 직성이 풀리는 족속, 그들이 바로 귀족이라는 인간인 것이다.

그리고 권력과 힘을 가진 녀석이 나중에 복수라도 한다고 설치면 아무리 재중이라도 생각지 못한 변수에 휘말릴 수 있었기에 나중에 곤란하기보다는 처음부터 싹을 잘라 버린 것이다.

스윽… 스윽…….

"미안하다……."

재중이 연아의 머리를 조용히 쓰다듬으며 조용히 한마디

했다.

"괜찮아. 오빠 탓도 아니잖아."

연아는 재중이 크게 다치지 않은 것만으로도 만족하고 있었다.

경찰 조사 중에 재중이 데이빗 랜필드에게 휩쓸렸다 빠져나왔다는 소식을 듣고 놀란 가슴을 쓸어내렸기에 지금은 오히려 환하게 웃을 수 있었다.

만약에 그 자리에 연아가 있었다면 어떻게든 재중을 말렸을 것이다.

연아는 경찰 조사 중에서야 데이빗 랜필드가 어떤 사람인지 뒤늦게 들을 수 있었다.

연아로서는 설마 파티장에서 그런 일이 생으리라고는 꿈에도 생각하지 못했었다.

재중이 캐롤라인이나 천서영 중에 한 명과라도 친해지길 바라는 마음에서 일찍 파티장을 나온 것이 이런 결과를 만들 줄 누가 알았겠는가?

"그보다 정말 괜찮은 거 맞지?"

"응?"

"그렇게 멀리 날아갔었잖아."

연아도 조사를 받으면서 재중과 데이빗이 싸우는 장면을 봤었다.

그러다 보니 당연히 마지막에 테라가 조종한 데이빗의 주먹이 재중을 때려서 날아가는 장면을 보게 된 것이다.

그냥 맞은 것이 아니었다.

맞아서 몇 미터를 날아가듯 튕겨져 나가 버렸으니 당연히 걱정이 될 수밖에 없었다.

"걱정하지 마. 몸 하나는 튼튼하니까."

"그래도……."

연아는 재중의 말에도 아직까지 혹시라도 후유증이 남은 건 아닌지 걱정스러워했다.

그런 연아의 모습에 재중은 피식 웃어버렸다.

"넌 그럼 내가 비실거리면서 연약한 사람이었으면 좋겠어?"

"아니, 그건 내가 사양하고 싶어."

"후후후훗… 그러니까 걱정하지 마라. 그보다 짐이나 미리 싸놔. 나중에 잊어버리는 것 없게 말야."

"알았어."

재중의 편안한 웃음에 연아는 혹시나 재중이 다친 것을 숨기는 것은 아닌지 걱정스러워하던 눈빛을 우선 접어뒀다.

하지만 그래도 안심이 안 되는지 약간은 미련이 남은 듯 다시 한 번 더 재중을 본 뒤에야 자신의 방으로 돌아갔다.

"쩝… 너무 오버했었나……."

연아가 자기 방으로 돌아가고 나자 재중이 혼자 피식 웃으면서 조용하게 한마디 했다.

─그만큼 마스터의 연기가 좋았다는 뜻 아닐까요?

재중은 귓가에 들리는 테라의 목소리에 고개를 돌렸다.

그림자를 뚫고 상체만 드러낸 상태로 있는 테라가 보였다.

재중이 테라를 보고 피식 웃었다.

"연기라… 뭐, 귀찮은 일을 피하려면 그 정도는 감수해야겠지."

재중이 굳이 그런 번거로운 방법을 써서 데이빗 랜필드를 처리한 것은 그저 귀찮았기 때문이다.

아무리 강해 봐야 결국 인간이었다.

그리고 그런 인간이 재중을 상대로 이긴다는 것은 처음부터 불가능했으니 말이다.

숫자의 문제가 아니었다.

본질적인 힘의 차이, 강함의 차이였다.

그것은 결코 이길 수 없는 불문율이나 마찬가지였다.

그리고 그런 귀찮음만큼이나 연아의 지금이 생활에 변화가 생기는 게 싫었던 것도 이유 중에 있었다.

"그보다 무슨 일이야?"

─이제 크루즈에서도 내려야 하는데, 윤지율과 정예지 모녀는 어떻게 하실 생각이세요?

"······."

테라의 말에 재중은 잠시 입을 다물고 생각하는 듯하더니 물었다.

"어떻게 지내지?"

처음 크루즈에 데리고 온 뒤로 완전 신경을 끊고 있었던 재중이었다.

찾아가긴커녕 전혀 관심조차 없었기에 뒤늦게 물어본 것이다.

―그냥 식사 때 외에는 거의 방에서 나오는 일이 없는 편이에요, 마스터.

"······."

테라의 말을 들은 재중은 대답 대신 살며시 눈을 감고 생각에 잠기는 듯했다.

그러다 곧 눈을 뜬 재중이 테라를 바라보고 재차 물었다.

"어떻게 해야 할까?"

―네에······?

재중이 뭔가 생각이 있지 않을까 했던 테라였다.

그런데 오히려 재중이 자신에게 물어보고 있는 것이다.

예상치 못했던 모습에 테라가 당황해 놀란 눈으로 재중을 쳐다봤다.

"큭··· 그놈의 핏줄이 뭔지······. 이제는 내 몸에서 인간의 피가 모두 사라졌다고 생각했는데… 그게 아니더라고……."

―마스터…….

테라는 지금 재중이 윤지율과 정예지로 인해 생각지 못한 혼란을 느끼고 있다는 것을 눈치채고는 표정을 찡그릴 수밖에 없었다.

지금까지 테라는 재중의 저런 표정을 본 적이 없었다.

하지만 재중이 지금 하는 고민이 어떤 건지 이해하기도 했다.

지금까지 이성적으로 판단하는 것에만 익숙했던 재중이었다.

그에게 머리가 아닌 가슴이 시키는 일이 어색한 것은 어쩌면 당연한 것이었다.

재중은 정예지가 자신의 친척이라는 것을 부정할 수 없었다.

어쩌면 오히려 그렇기에 더 받아들일 수 없는 핏줄이었으니 말이다.

"하지만, 내가 데리고 왔으니 어느 정도는 책임도 져야겠지……."

한순간의 변덕일지라도, 재중 본인이 크루즈로 데리고 온 거였다.

자신이 한 일인 이상 최소한의 책임을 지긴 해야 했다.

―지금이라도 어디 섬에라도 데려다놓을까요?

재중이 그다지 내키지 않는다는 표정으로 중얼거리자 테라가 슬쩍 운을 떼봤다.

하지만 재중은 고개를 저었다.

"그건 보호가 아니라 오히려 감금이겠지."

―하지만, 정예지와 윤지율이 한국에서 다시 생활하기에는 이미 삼합회의 눈이 많지 않을까요?

확실히 테라의 말이 틀린 건 아니었다.

우선 한국은 중국과 가까웠다.

거기다 외국인 노동자의 신분으로 들어와 있는 삼합회 녀석들이 얼마나 되는지 짐작조차 되지 않았다.

재중으로서도 그 수가 확인할 수 없을 만큼 많을 테니 말이다.

서울뿐만이 아니라 전국에 퍼져 있는 것이 외국인 노동자였다.

산골이나 농사를 짓는 시골에서도 요즘은 외국인 노동자를 데려다가 일을 시키고 있는 상황이었다.

사실상 윤지율과 정예지가 과거처럼 한국에 살아간다는 것은 불가능에 가까운 것이 현실이었다.

물론 재중도 그걸 알고 있었고 말이다.

그런데 잠시 고민을 하던 재중이 테라를 물끄러미 쳐다보기 시작했다.

—마스터? 왜 그렇게 절 보세요? 혹시 제가 이뻐요? 사랑스
러워요?

재중의 눈빛에서 제법 진지한 기색을 읽은 테라가 한껏 귀
여운 포즈를 하면서 재중에게 말했다.

하지만 재중에게서는 아무런 반응이 없었다.

—…죄송합니다. 농담은 그만할게요.

테라가 사과를 했지만 재중은 역시나 조용히 보기만 할 뿐
이었다.

재중이 조용히 입을 연 건 한참 뒤였다.

"마법으로 얼굴을 바꾸면 얼마나 지속되지?"

—네? 얼굴을 바꾸는 마법이요?

재중의 물음에 잠시 생각하던 테라가 대답했다.

—마나 공급만 문제없다면 죽을 때까지 가능해요. 대륙처
럼 마법 무효화 마법진 같은 게 없으니까요.

대륙은 워낙에 마법이 발달했기 때문에 오히려 그 반대되
는 마법 방어도 함께 발달해 있었다.

그렇기 때문에 얼굴을 바꾸는 마법 정도는 웬만한 도시 입
구에 무효화하는 마법진이 그려져 있었다.

얼굴을 바꾸는 마법은 실제로 사용하기에는 마나 소비가
제법 됐다.

더구나 마법 무효화 마법에 쉽게 사라질 만큼 안전성이 미흡하기도 했다.

그러다 보니 다들 마법을 얼굴을 바꿔서 불안하게 살기보다는 다른 나라로 이민을 가버렸다.

그래서 그다지 널리 쓰인 마법은 아니었다.

하지만 대륙이 아니라 지구라면 좀 불안하더라도 마법 무효화가 될 확률이 없었다.

어떻게 보면 얼굴을 바꾸는 가장 안전한 방법이기도 했다.

"그럼 마나만 공급해 주는 아티팩트 2개 있지? 이왕이면 목걸이나 반지 같은 거면 좋겠는데."

―네? 뭐… 그야 없는 건 아닌데… 굳이 그렇게까지 해서 한국에 둘 필요가 있을까요?

입으로는 뭔가 재중에게 한마디 하는 듯했지만, 테라의 손은 이미 아공간을 뒤지고 있는 중이었다.

―마스터, 이 정도면 마음에 드세요?

"음……."

테라가 꺼낸 것은 언뜻 보면 그냥 철로 만든 듯한 반지 2개였다.

―마나 반응 때문에 백금으로 만들긴 했지만, 보기에는 평범한 반지예요. 그리고 오직 마나를 흡수해서 착용자에게 공

급하는 용도로만 만들었으니 마스터께서 원하는 용도로는 이것만 한 게 없을 거예요.'

재중은 테라가 내민 반지를 넘겨받으면서 조용히 일어섰다.

테라가 만든 아티팩트였으니 굳이 따로 설명할 필요는 없었다.

다만 윤지율과 정예지의 얼굴을 바꾸는 것은 테라가 해야 했다.

물론 그전에 설득을 하긴 해야 할 것이다.

하지만 이미 그녀들에게는 선택의 여지가 없기에 크게 걱정하지 않는 재중이었다.

그리고 그런 재중의 예감대로 윤지율은 재중의 말을 받아들였다.

의외인 것은 정예지가 조용히 재중이 하는 말을 듣고는 따르겠다고 한 것이다.

설득이 끝나자 그 뒤로는 일사천리였다.

윤지율과 정예지를 눕히고 눈을 감으라고 한 뒤, 테라가 모습을 드러내 슬립 마법으로 재우고는 얼굴 변환 마법을 걸어 주었다.

그리고 반지는 재중이 끼워주었다.

"이게… 내… 얼굴?"

윤지율은 불과 10분 정도지만 잠에서 깨어나자 자신의 얼굴이 본래 미부인의 느낌이 드는 얼굴에서 평범한, 어디서나 볼 수 있는 얼굴로 바뀐 것이 놀라웠는지 한참을 거울에서 손을 떼지 못했다.

반면에 윤지율과 달리 정예지의 반응은 소란스러웠다.

"꺄악!! 이게 뭐야? 내 얼굴이!!"

정예지는 남자를 여럿 울리고 다녔던 자신의 얼굴이 평범하게 바뀌자 충격에 한동안 얼굴을 꼬집고 누르고 별짓을 다했다.

결국 정예지는 재중을 향해 소리쳤다.

"내 얼굴 이게 뭐야!!!"

"불만인가?"

눈에 핏발까지 세우면서 재중을 노려보는 정예지였지만 마주한 재중은 평온하기만 했다.

"어째서 이런 못생긴 얼굴인 거야!! 다른 예쁜 얼굴도 많잖아~!"

외모가 자신의 가치를 증명하는 현대 사회였다.

미인으로 불리며 특권을 누리던 정예지로서는 한순간에 어디서나 흔하게 볼 수 있는 평범한 여자의 얼굴로 바뀌었으니 어쩌면 이런 반응은 당연할 수도 있었다.

문제라면 재중이 그런 것에는 전혀 관심이 없다는 것일 뿐.

"삼합회 녀석들의 시선을 끌고 싶나?"

"그… 그게… 왜!!"

재중의 말에 순간 할 말을 잃어버린 정예지가 말을 더듬었다.

하지만 눈빛은 여전히 납득이 안 된다는 뜻을 품고 있었다.

물론 그러거나 말거나 재중은 관심이 없었지만 말이다.

재중이 해줄 수 있는 책임은 딱 여기까지였다.

"지금 얼굴이 불만인가?"

"다… 당연하지!"

"그럼 오른손에 끼워진 반지를 빼라. 다음 날이면 본래 얼굴로 돌아갈 테니까."

"헛!! 정말?"

정예지가 그 말에 얼른 반지를 빼려고 손을 가져다 대는 순간, 재중이 다시 입을 열었다.

"반지를 빼면 넌 삼합회를 상대로 도망치는 삶을 살아야 할 거다. 그리고 내가 도와주는 건 이게 마지막이고."

멈칫!

"그게… 무슨… 말이야?"

반지를 빼면 본래 얼굴로 돌아간다는 말보다 재중이 자신을 도와주는 것이 이게 마지막이라는 말에 놀란 표정이 된 정예지였다.

"도와줄 이유가 없으니까."

"어째서! 나도 가족⋯⋯!!"

가족이라는 말을 하려는 순간, 정예지는 온몸을 짓누르는 압력을 느꼈다.

갑작스러운 일이기도 했지만 무엇보다 평범한 여자가 재중의 몸에서 뿜어져 나오는 힘을 견딜 리가 없었기에 그녀는 자신도 모르게 무릎을 꿇어버렸다.

털썩!

"내게 가족은 연아 하나뿐이다. 명심해⋯그리고 이 시간 이후로 내 앞에 나타나지 마라. 너와 난 남이니까."

덜덜덜⋯ 덜덜덜덜⋯⋯.

그 말을 끝으로 재중이 몸을 돌려 방을 나가 버렸다.

그제야 압력에서 벗어난 정예지는 쓰러지듯 소파에 기댔다.

정예지가 고개를 돌려 윤지율을 쳐다보면서 입을 열었다.

"엄마⋯⋯."

그래도 친척인데 설마 자신들을 버릴까? 라는 안일한 생각을 했던 정예지였다.

그런데 막상 재중의 냉정한 반응을 접하자 적잖은 충격을 받은 듯했다.

하지만 윤지율은 어느 정도 각오를 하고 있었다.

재중의 입장에서 자신들을 보는 것은 죽은 정태만을 떠올릴 수밖에 없어서 오히려 고통일 뿐이라는 것을 그녀는 이미 짐작하고 있었으니 말이다.

"우리끼리 살아야지……."

"엄마… 어떻게 살아요… 우리끼리……. 아빠도 없이… 흑흑……."

와락…….

윤지율이 정예지를 끌어안으면서 다독였지만, 그녀도 사실 손을 떨고 있기는 마찬가지였다.

그동안 가정주부로 살았던 그녀인데 한순간에 인생이 바뀌어 버렸으니 말이다.

물론 재중이 매정하다고 생각할 수도 있지만, 재중의 입장에서는 이것도 정말 최대의 선의였다.

그녀들의 존재 자체가 정태만을 떠올리게 할 뿐이니 말이다.

Chapter 02
계약 변경

재중귀환록

"음~~ 윽~! 짠내⋯⋯."

여수항에 도착해 내린 연아는 뭐가 그리 기분이 좋은지 깊게 숨을 들이마시다가 곧 인상을 찡그려 버렸다.

바닷가 특유의 짠내음이 가득 그녀의 가슴속으로 들어왔기 때문이다.

거기다 항구이다 보니 유독 짠내음이 심한 편이기도 했다.

"그래도 역시 땅이 좋아~~"

짠내음에 잠시 인상을 찡그린 연아였지만 곧 입가에 미소를 지었다.

연아는 웃으면서 총총거리며 뛰어다니기 시작했고, 다른 사람들도 상황은 비슷했다.

그런데 얼마 걷지도 않아서 익숙한 사람이 마중 나온 것을 발견했다.

"할아버지가 여기까지 어쩐 일이세요?"

여수항에 도착한 캘리호에서 내린 일행이 항구를 얼마 벗어나지도 않았을 때였다.

재중 일행 앞에 천 회장이 나타난 것이다.

천 회장을 본 천서영이 놀란 표정을 지었다.

천서영은 일부러 천 회장에게 크루즈가 도착하는 날짜를 정확하게 알리지 않았었다.

더구나 시우바 회장과 달리 천 회장은 그룹의 전반적인 것을 모두 관리하는 위치에 있었다.

당연히 여기까지 올 시간이 없으리라 생각했었으니 놀라움은 더욱 컸다.

"이 할애비가 온 게 별루더냐?"

천 회장은 천서영이 자신을 보고 놀라는 표정에 서운한 표정을 지으면서 말했다.

그러자 천서영이 재빨리 고개를 저었다.

"아니에요~ 그게 무슨 말씀이세요."

와락~

바로 고개를 젓더니 웃으면서 천 회장의 품에 안기는 천서영이었다.

그저 평범한 손녀와 할아버지의 모습이라고 해도 될 것 같은, 남들과 별다를 것 없는 모습이다.

물론 주변에 경호원만 없었다면 말이다.

"바쁘신 거 아니에요? 전 일부러 신경 쓰실까 봐 말 안 한 건데."

"이 녀석~ 재중 군과 있는 것이 그리도 좋았더냐?"

"아니… 그게… 아니라… 그냥, 후후훗……."

"……?"

천 회장은 천서영이 자신에게 정확하게 도착하는 시간을 알리지 않아 재중과 어느 정도 친분을 쌓아서 친해졌으려니 하고 생각하고 있었다.

한데 막상 천서영의 반응을 보니 그것도 아닌 것 같았다.

거기다 재중 옆에 갈 때는 없던 웬 남미 미녀가 서 있는 모습도 보였다.

왠지 거슬리는 기분에 슬쩍 천서영을 쳐다보자 재빨리 캐롤라인을 소개했다.

"할아버지는 처음이죠? 여기 캐롤라인이에요. 시우바 회장님 손녀예요."

"시우바 회장의 손녀?"

천 회장은 재중이 미국으로 치료를 하러 가서 잠시 브라질 여행 좀 하다 오는 건 줄 알고 있던 참이었다.

그런데 캐롤라인을 소개받자 왠지 재중에게 배신감을 느꼈다.

'설마 서영이가 따라갔는데… 저런 미녀를 곁에 두고 있었단 말야? 에잉~ 괘씸한 놈…….'

속으로야 괘씸한 재중의 모습에 심통이 나긴 했지만 겉으로 드러난 건 아주 잠깐이었다.

재중의 태도와 캐롤라인의 어정쩡한 모습을 본 천 회장은 언제 그랬냐는 듯 심통스런 표정이 사라지고는 입가에 미소를 그리는 것이 아닌가?

'오호~ 시우바 회장의 손녀도 똑같은 건가?

캐롤라인은 남미의 특유의 건강미 넘치는 모습에 세계적으로 알아주는 모델답게 완벽한 몸의 비율과 몸매를 갖추고 있었다.

뿐만 아니라 얼굴만으로도 이미 지나가는 남자들의 시선을 잡아끄는 캐롤라인이다.

하지만 정작 그런 그녀의 시선이 닿아 있는 재중은 연아와 함께 카페 식구들을 챙기느라 전혀 관심도 없는 모습인 것이다.

'쩝… 뭐, 쉽진 않겠지… 그렇지…….'

나름 재중에 대해서 어느 정도 성격을 파악하고 있던 천 회장이다.

　혹시나 했던 기대감이 사라지고 뜻하지 않게 캐롤라인이라는 경쟁자도 생겼지만 재중의 태도를 보고는 나름 안심했다.

　황금 보기를 돌같이 하라는 최영 장군의 말씀을 따르는 것처럼, 재중은 여자 보기를 돌같이 하고 있었으니 말이다.

　그런데 한편으로는 의문이 생기기도 했다.

　지금 죽을 날을 바라보는 천 회장도 캐롤라인에게 시선이 가는 본능을 어쩔 수 없었다.

　한데 그런 그녀를 옆에 두고도 저렇게 태연하게 무시할 수 있는 재중이 어떤 면으로는 참 대단하다는 생각이 들기도 하는 것이다.

　"오빠, 그냥 우리끼리 올라갈게."

　연아는 천 회장을 만난 적이 있기에 슬쩍 분위기를 보고는 빠지려고 했다.

　한 그룹의 회장이 직접 재중을 만나러 여수까지 왔다는 것은 뭔가 사업적으로 중요한 일이 있기 때문이라는 것을 짐작한 것이다.

　그 정도의 눈치는 있었기에 먼저 올라가려고 했지만 재중이 연아를 만류했다.

"눈치 볼 것 없어. 별거 아니면 그냥 같이 올라갈 테니까 잠시만 기다려 봐."

"응? 아니야, 굳이 그럴 필요 없어, 오빠."

연아는 왠지 자신 때문에 재중이 천 회장을 그냥 보낼 것 같은 예감이 들었다.

그래서 재중을 말리려고 했지만 이미 재중은 천 회장의 곁으로 다가간 뒤였다.

"오랜만에 보는구만, 재중 군."

"어쩌다 보니 미국에서 일정이 좀 길어졌습니다……."

재중이 천서영을 데리고 한 달 동안 일정에 없던 크루즈 여행을 한 것은 사실이었다.

그렇기에 재중은 천 회장에게 살짝 고개를 숙여 사과했다.

허락을 받았다고 해도 손녀를 데리고 있었으니 말이다.

반면 천 회장은 그저 재중이 자신에게 사과하는 것이 마냥 흡족한 듯 너털웃음을 지으면서 말했다.

"아니네. 뭐, 남자가 일을 하다 보면 이런 일도 있고 저런 일도 있는 법이지."

재중이 자신에게 사과하는 것 자체가 왠지 기분이 좋은 천 회장이었다.

여태까지 워낙에 재중에게는 저자세를 취해온 그였다.

그래서인지 무의식적으로 재중에게 연장자로서 대우를 받

고 싶었을지도 몰랐다.

"그보다 어쩐 일이십니까?"

재중은 아무리 생각해도 천 회장이 여수까지 자신을 마중올 일이 없어 물었다.

"중요하게 할 이야기가 있어서 그러네."

"중요하다면……?"

"퀸 오브 썬라이즈 때문이네."

"……."

재중은 퀸 오브 썬라이즈라는 천 회장의 말에 바로 떠오르는 게 있었다.

천 회장이 자신을 찾아온 게 무엇 때문인지 단번에 알아차렸다.

"알겠습니다. 그럼 우선 동생과 일행을 돌려보내고 나서이야기하죠."

"아닐세. 연아 양과 자네 카페 식구들이 괜찮다면 저기 내가 가져온 차를 타고 같이 올라가고 싶은데 어떤가? 물론 자네는 나와 같이 타야겠지만 말이야."

한마디로 올라가면서 이야기하고 싶다는 뜻이었다.

잠시 천 회장을 기다리게 한 재중이 연아에게 가서 물어봤다.

연아는 조금 부담스러워하는 표정이긴 했지만 결국 승낙

했다.

천 회장과 같이 가든 따로 가든 집으로 가야 하는 것은 같기 때문이다.

연아의 허락이 떨어지자 곧이어 뽑은 지 며칠 되지 않아 보이는 거대한 최신형 승합자 한 대가 다가왔다.

"아무래도 흩어지는 것보다는 같이 가는 게 자네 일행이 편할 것 같아서 승합자를 준비했네."

재중의 일행을 태울 승합차까지 준비한 것을 보면 처음부터 재중이 거절해도 어떻게든 같이 올라가면서 이야기를 할 목적이었던 게 분명했다.

"감사합니다……."

굳이 선의를 거절할 필요도 없기에 재중도 웃으면서 받아들였다.

어차피 천 회장이 퀸 오브 썬라이즈를 출시하기 전에 필연적으로 한 번은 자신을 찾아올 수밖에 없다는 것을 알고 있었으니 말이다.

"한 가지만 물어보고 싶네."

여수를 거의 벗어날 무렵, 조용하던 천 회장이 입을 열었다.

"네, 말씀하세요."

재중이 조용히 대답했다.

"자네는 내가 퀸 오브 썬라이즈의 레시피를 알고 있다고 해도 만들지 못할 것이라는 것을 알고 있었는가?"

핵심을 찌르는 듯한 천 회장의 말에 천서영은 놀란 표정을 지었다.

"할아버지? 그게 무슨 말씀이세요? 재중 씨가… 알고도 레시피를 넘겼다는 거예요?"

씨익~

재중은 천서영의 놀란 표정과 의미심장한 얼굴로 자신을 쳐다보는 천 회장을 보며 입가에 미소를 그렸다.

재중이 미소 지은 채 입을 열었다.

"실패하셨군요."

"그렇네. 싹도 틔우질 못했으니 말야."

천 회장도 나름대로 커피 재배에 경험이 많은 사람을 구해서 노력했다.

어떻게든 재중이 준 대륙이 원산지인 원두를 재배해 보려고 말이다.

하지만 결과는 황당하게도 싹도 틔우질 못한 것이다.

그렇다고 재중이 준 것이 죽은 원두의 씨앗인가? 그것도 아니었다.

검사를 해보니 살아 있는 씨앗임은 확실했다.

그런데 어찌 된 영문인지 아무리 커피가 자라기에 좋은 시설에 조건을 맞춰줘도 전혀 싹을 틔우지 못한 것이다.

천 회장은 몇 번을 시도하다가 결국 포기해 버렸다.

그런데 포기를 했기 때문일까?

오히려 그때부터 천 회장의 뇌리에 한 가지 의심이 싹텄다.

재중이 너무나 쉽게 레시피와 블렌딩 원료가 되는 커피의 원두, 그리고 씨앗까지 준 것이 이상하게 마음에 걸리기 시작했던 것이다.

아무리 블렌딩 원료와 레시피가 있으면 뭐하겠는가?

퀸 오브 썬라이즈에서 가장 중요한 원두를 구할 수가 없으면 그저 남들도 쉽게 구하는 커피일 뿐이었다.

"그래서 내가 하고 싶은 말은, 계약 조건을 바꿔야겠네."

"말씀해 보세요."

처음의 계약은 재중이 퀸 오브 썬라이즈의 블렌딩 레시피와 원두를 주면서 맺은 거였다.

하지만 사실상 블렌딩 레시피의 가장 핵심인 원두를 생산하지 못하는 이상 계약 변경은 당연했다.

재중이 당연하다는 듯 받아들이자 천 회장이 조건을 제시했다.

"퀸 오브 썬라이즈의 블렌딩 레시피를 다시 돌려주겠네. 어차피 핵심 원두를 구할 수 없는 이상 필요 없으니 말야."

"편하실 대로……."

"대신, 원두를 자네가 공급해 주게. 물론 모든 원두를 공급해 달라는 게 아니라, 퀸 오브 썬라이즈를 만드는 데 꼭 필요한 원두만 공급해 주면 되네. 어떤가?"

천 회장의 말을 들은 재중이 잠시 생각해 보더니 대답했다.

"그럼 블렌딩 레시피는 그대로 가지고 계십시오. 대신 전 원두만 공급하죠."

"음……."

천 회장은 재중의 말에 잠시 생각에 잠겼다.

애초에는 레시피를 돌려주면서 어떻게든 재중이 받을 배당을 조금 줄일까 하는 생각이었다.

한데 가만히 생각해 보니 원두 공급만 된다면 사실 레시피가 있는 것이 이득일 거라는 계산이 든 것이다.

그리고 돈에 대해서라면 누구보다 빠른 결정을 내리는 천 회장이 곧 고개를 끄덕였다.

"좋지, 대신 얼마나 원두를 공급해 줄 수 있는지 듣고 싶네."

본격적으로 비즈니스가 시작되자 천 회장의 눈빛이 빛을 발하기 시작했다.

노쇠한 몸과 달리 눈빛만큼은 웬만한 사람을 압도할 만큼 매서운 기운을 뿜으면서 말이다.

"많은 양은 안 됩니다. 아시다시피 원래 제 개인적인 카페

운영에 필요한 양만 구했으니까요."

"그렇겠지……."

"하지만 시간이 지나면 양도 늘어날 겁니다."

한마디로 당장은 원두가 부족해서 충분하지 않겠지만 시간이 지나면 원하는 양을 채울 수 있다는 뜻이었다.

"얼마나 걸리겠나?"

천 회장은 정말 자신했다.

만약 퀸 오브 썬라이즈를 한 번이라도 맛본 사람이라면 절대로 다시 찾지 않고는 못 배길 것이라고 말이다.

다만 문제라면 바로 블렌딩 레시피에서 가장 핵심이 되는 원두의 공급이었다.

재중이 계약할 때 준 원두를 천 회장이 키우는 데 성공했다면 문제는 없었다.

계약이 있긴 했지만 사실상 천산그룹에서 얼마든지 독점도 가능한 상태였던 것이다.

아니, 천 회장 입장에서는 재중에게 고마운 것은 고마운 것이고 비즈니스는 비즈니스였다.

계약이 유효한 기간에는 최대한 재중에게 도움을 주겠지만, 그도 기업인인 이상 이득을 따지지 않을 수가 없다.

그도 나름대로 퀸 오브 썬라이즈를 독점할 욕심도 있긴 했다.

그런데 재중이 아니면 도저히 원두를 구할 수가 없다면 이건 문제가 심각할 수밖에 없었다.

간단하게 예를 들면 세계적으로 유명한 음료로 코크—콜라가 있다.

그런데 오랜 시간이 지난 지금도 콜라를 판매하는 모든 업자가 미국 콜라 본사에서 원액을 100% 수입해서 쓰는 형편이다.

그 이유는 바로 콜라의 핵심인 원액을 도저히 만들 수가 없기 때문이다.

다른 콜라와 차별화되는 코크—콜라만의 독특한 맛을 내는 원료를 도저히 알아낼 수가 없으니 결국 원액을 100% 수입해서 쓸 수밖에 없는 것이다.

이미 코크—콜라에 사람들의 입맛이 길들여져 있기에 다른 유사 콜라로는 도저히 만족을 시킬 수가 없으니 말이다.

그것과 같은 것이 바로 지금 천 회장과 재중의 관계인 것이다.

재중이 가지고 있는 핵심 원두가 없으면 퀸 오브 썬라이즈를 만드는 게 사실상 불가능했다.

그런데 천 회장이 그 핵심 원두를 가지고는 있는데, 도저히 키울 방법이 없다면 어떻겠는가?

천산그룹을 이끄는 천 회장과 브라질 커피로 거대 그룹을 만든 시우바 회장이 힘을 합쳐도 재중이 준 원두에 싹조차 틔우지 못했다면 이미 게임은 끝난 것이나 다름없었다.

거기다 천 회장이 본 재중의 미소는 이미 자신이 이렇게 될 것이라는 것을 미리 알고 있었다는 생각에 확신을 주기도 했다.

물론 살짝 기분이 씁쓸하긴 했다.

하지만 기분은 계약을 새로 갱신한 다음에 볼 일이기에 아직 아무 말 하고 있지 않는 것이다.

"현재 제 카페에서 판매하는 커피의 핵심 원두의 비율은 10%입니다. 만약에 그때 드셨던 퀸 오브 썬라이즈의 맛을 내는 커피를 판매하신다면 핵심 원두의 비율을 최소 70% 이상으로 섞어 블렌딩해야 할 겁니다……."

"그렇겠지……."

천 회장도 재중의 말에 자연스럽게 고개를 끄덕였다.

그때 재중이 내민 한 잔의 커피가 아직도 그의 뇌리에 진하게 남아 있었다.

그걸 생각한다면 핵심 원두를 70% 섞어서 만든다고 해도 그때의 맛이 날지 조금 의문이 들긴 했다.

하지만 그것만으로도 시장성은 충분하다고 생각하고 있었다.

"현재 저는 10%만 섞은 방법으로 한 번 만들면 1년을 쓰고 있습니다. 그럼 70%를 섞는다면 어느 정도일지 계산이 나오시죠?"

재중이 장난스럽게 물어보자 천 회장은 순간 머릿속으로 재중의 카페 하루 판매량과 한 달 판매량, 거기다 핵심 원두의 비율에 변수까지 포함해서 계산을 했다.

그냥 숫자 놀음이다 보니 쉽게 계산 결과가 나왔다.

"자네 카페에서 하루에 판매하는 판매량을 기준으로 한다면 길어야 두 달이겠군그래."

재중의 카페가 100% 단골 장사인 것을 생각하면 그 판매량이 엄청나긴 했다.

하지만 핵심 원두의 함유량을 10%에서 70%로 단번에 끌어올리는 것만으로도 1년 치 판매량이 두 달 치로 확 줄어버리는 것이다.

거기다 방금 재중이 한 말 중에 신경 쓰이는 부분이 하나 있었다.

한 번 원두를 만들어서 1년을 쓴다니?

천 회장이 의문 어린 눈으로 조용히 재중을 쳐다봤다.

"우선 제가 보유하고 있는 핵심 원두를 모두 드리겠습니다. 대신 핵심 원두의 양을 50%로 낮춘다면 6개월 치는 될 겁니다. 그런데 그것만 가지고는 당연히 안 되겠죠? 카페가 6개월만 영업하고 쉴 수 있는 장사가 아니니까요."

"그거야 당연하지 않은가."

천 회장은 아무리 계산을 해봐도 지금의 모자란 원두를 생각하면 오픈을 미뤄야 하는 것이 아닌가 하는 생각을 지울 수가 없었다.

이미 처음 퀸 오브 썬라이즈를 판매할 1호점 카페를 새로 짓는 중이었다.

만약 이대로 오픈이 1년 이상 미뤄진다면 그 손해는 생각 이상으로 클 수밖에 없었다.

거기다 실험적인 오픈이라 100% 직접 투자만으로 준비 중이었다.

만약 오픈이 미뤄진다면 그 손해는 고스란히 천 회장이 부담해야 되는 상황이기도 했다.

그런데 그것보다 지금 천 회장이 조바심을 느끼는 부분은 따로 있었다.

천 회장은 이 퀸 오브 썬라이즈를 판매하는 카페를 천서영에게 주려고 했던 것이다.

최대한 재중과 관련된 곳에 천서영을 두어 어떻게든지 재중에게 조금이라도 가까이 다가가도록 말이다.

연인이 되지 않아도 괜찮다.

그동안 천 회장이 본 재중의 성격이라면 친한 친구 사이만 되어도 괜찮았다.

정말 위급할 때라면 충분히 도움을 받을 수 있다는 계산이 깔려 있었으니 말이다.

천서영이 재중과 인연이 된다면 더할 나위 없이 좋을 것이다.

하지만 만약 그렇게 되지 않고 친구 관계에 머문다고 해도 인연이 계속 이어진다면 그것만으로도 천 회장으로서는 충분히 목적을 달성한 것이었다.

과연 재중도 이런 천 회장의 생각을 몰랐을까?

아니, 충분히 알고 있었다.

하지만 그냥 묵인하는 것에는 재중 나름대로 이유가 있었다.

재중의 기준으로 천 회장은 기업인치고는 깨끗한 편이고 최소한의 신의를 지키는 사람이었기 때문이다.

사실상 기업인치고 이익만 찾아서 모든 것을 버리는 행동을 하지 않은 것만 해도 천 회장은 충분히 인정받을 만했으니 말이다.

물론 여기서 더 욕심을 부린다면 어쩔 수 없겠지만 아직은 믿을 만한 것이다.

"그럼 제가 한 가지 제의를 드려도 되겠습니까?"

"제의?"

계약서상에 따르면 재중은 천산그룹에서 퀸 오브 썬라이

즈를 판매하는 방법에 대해서 개입할 수 있다는 조항이 없었다.

그렇기에 넌지시 제의라는 표현을 써서 말을 건네자 천 회장도 뭔가 기대하는 눈빛이 되었다.

"현재 핵심 원두가 너무 부족한 상태입니다……."

"그렇지."

"이건 시간이 지나면 자연스럽게 제가 물량을 늘리면서 어느 정도 해결이 되겠지만, 단기간에 해결할 수가 없다는 점이 문제이기도 하죠."

"그렇다네. 원두가 자라서 열매를 맺고 익는 시간은 필수적이니까 말야."

이미 자신도 알고 있는 것을 재차 말하는 재중의 모습에 도대체 무슨 말을 하려고 저러는 건지 더욱 궁금증이 생긴다.

천 회장이 재중을 지긋이 쳐다보며 대답을 재촉했다.

"그럼 방법은 하나뿐입니다……."

"방법이… 하나? 그게 무슨 말인가?"

"수요는 많은데 공급이 달린다면, 당연히 제품에 프리미엄이 붙게 마련이죠. 그리고 그게 공급과 소비의 시장성에 가장 기본이 되는 것이라고 전 알고 있습니다. 안 그런가요?"

재중이 지극히 기본적인 시장의 구조에 대해서 말했지다.

이건 천 회장도 저절로 고개를 끄덕일 수밖에 없는 불변의 법칙이기도 했다.

아니, 오히려 기업을 일구고 지금 천산그룹을 만든 천 회장
이기에 자연스럽게 고개를 끄덕였을지도 몰랐다.

"그럼 간단합니다. 퀸 오브 썬라이즈를 특정 소수에게만
파는 겁니다. 그것도 비싸게 말이죠."

"응? 특정 소수……? 그리고 비싸게?"

순간 재중이 무슨 말을 하는 건지 쉽게 이해가 가지 않는
천 회장이 되물었다.

그러자 재중이 특유의 미소를 지으면서 재차 입을 열었다.

"이미 시험적으로 퀸 오브 썬라이즈를 판매할 카페를 짓고
있는 중이라 미룰 수가 없는 형편이라고 하셨습니다. 그렇다
고 어스박스같이 나름 국내에서 쉽게 찾아볼 수 있는 프랜차
이즈 커피 전문점처럼 물량을 대량으로 공급할 수도 없는 형
편입니다. 핵심 원두를 생산할 수 있는 것은 오직 저뿐이니까
요."

"음… 그건 그렇네."

사실 천 회장은 퀸 오브 썬라이즈를 앞세워서 국내 프랜차
이즈 커피 전문점을 모두 석권하고 싶은 욕심이 있었다.

하지만 막상 뚜껑을 열어보니 가장 중요한 핵심 원두를 생
산하는 것은 오직 재중만이 할 수 있는 상황이다.

그건 이미 자신이 실패하면서 증명을 한 셈이었다.

도대체 어떤 방식으로 재중만 핵심 원두를 생산하는 것인지에 대해서는 묻지 않았다.

천 회장도 최소한의 비즈니스가 어떤 것인지 알고 있으니 말이다.

그냥 작은 식당에서도 자신의 기술을 물어보면 가르쳐 주지 않는 법인데, 핵심 원두의 재배법을 알려달라고 하면 가르쳐 주겠는가?

재중의 성격상 가르쳐 줄 생각이었다면 계약을 할 때 알려 주었을 것이다.

즉, 처음부터 재배 방법을 가르쳐 줄 생각이 없었다고밖에 생각할 수 없었다.

하지만 그렇다고 재중이 나쁘다고만 할 수도 없는 일이다.

그것이 바로 비즈니스의 세계이기도 했다.

재중은 최소한 핵심 원두의 씨앗까지 주면서 천 회장에게 기회를 줬으니 말이다.

그 기회를 살리지 못한 자신의 책임이 크지, 재중이 재배법을 알려주지 않은 것은 아무런 상관이 없다고 할 수 있었다.

거기다 군이 재배법을 캐내려고 욕심 내서 재중과 사이가 멀어지는 것보다는, 재중과 좋은 관계를 유지하는 게 나았다.

재중만 핵심 원두를 생산할 수 있다면 재중에게 핵심 원두를 구입하면 되는 것이다.

어차피 천서영에게 퀸 오브 썬라이즈의 모든 권리를 넘겨주려고 했었으니 천 회장은 크게 손해 본 것은 없었다.

물론 장기적으로 봐서 독점을 할 수 없다는 단점이 있긴 하다.

하지만 사실 천산그룹은 전기전자 제품으로 크게 성공한 그룹이었다.

굳이 전력을 쏟아 넣을 만큼 카페 사업에 매달릴 이유가 없으니 당장은 재중에게 핵심 원두를 구입하는 것도 나쁘지 않았던 것이다.

어차피 공급이 딸린다면 전국 프랜차이즈를 한다는 것은 물 건너갔으니 천천히 반응도 보면서 기다리기로 한 것이다.

"그런데 재중 군."

"네."

"어떻게 특정 소수에게만 판다는 건지 쉽게 설명해 주지 않겠나?"

커피가 워낙에 대중화되어 있다 보니 과연 비싸게 팔면 장사가 될지도 의문이고, 무엇보다 특정 소수를 가려내는 것 자체가 가능할까 하는 의문이 들었다.

"세상에서 가장 비싼 커피라면 천 회장님은 어떤 커피가 떠오르십니까?"

"음… 그야 일반적으로는 루왁 커피(코피 루왁)겠지."

루왁 커피는 아는 사람은 다 아는 커피로, 사향 고양이의 배설물에서 커피 원두를 채취하는 방식으로 만든다.

커피 특유의 쓴맛이 줄어들어 부드럽고 사향고양이가 먹어서 배설한 것만 채취가 가능하다 보니 물량이 적어서 비싼 편이었다.

대략 한 잔에 3만 원~5만 원 정도가 루왁 커피의 평균 가격이다.

일반적인 프랜차이즈 커피 전문점에서 파는 3,000~5,000 원짜리 커피에 비하면 가격이 10배 이상 비싼 편이었다.

하지만 재중이 과연 이 루왁 커피 때문에 질문을 했을까?

"하지만 눈치를 보니 자네가 원하는 답은 루왁 커피가 아니라 태국에서 생산하는 블랙 아이보리를 말하는 듯하군그래."

씨익~

천 회장이 블랙 아이보리를 알고 있다는 것에 재중이 만족한 듯 웃음을 짓자 천 회장도 덩달아 웃음을 지었다.

블랙 아이보리 커피는 어떻게 보면 루왁 커피와 생산하는 방법이 비슷했다.

다만 루왁 커피처럼 사향 고양이의 배설물에서 채취한 원두가 아니라, 코끼리의 배설물에서 커피 원두를 추출하여 만드는 것만 다를 뿐이었다.

태국 골든 트라이앵글 지역, 그중에서도 아시아 코끼리 재단에서 생산하는 이 커피는 코끼리가 가뭄으로 황폐화된 지역에서 먹을 것을 찾던 중 커피 열매와 과일을 먹으면서 시작되었다고 알려져 있었다.

대충 시작은 루왁 커피와 비슷해 보이지만 다른 점은 바로 가격이었다.

블랙 아이보리 커피 생두의 가격이 1㎏당 약 1,100달러(한화로 약 130만 원)선에 거래되고 있는데, 이는 한 잔에 무려 10만 원 정도다.

그러니 커피 중에서 가장 비싼 커피라고 해도 결코 과장이 아닌 것이 바로 블랙 아이보리 커피인 것이다.

태국의 특정 호텔, 그 외 몰디브와 아부다비 등 최고급 호텔 몇 군데에서만 그나마 마실 수가 있다고 한다.

그래서 일부 커피 매니아 중에는 블랙 아이보리 커피를 한번 마셔보는 것이 소원인 사람도 있었다.

"블랙 아이보리의 실제 가격은 판매하는 곳마다 다르긴 하지만 대충 10~15만 원 정도로 알고 있습니다……."

재중이 언제 블랙 아이보리에 대해서 조사를 했는지는 모르지만 천 회장은 우선 고개를 끄덕였다.

천 회장도 퀸 오브 썬라이즈의 판매를 준비하면서 나름 조사를 했고, 일부러 태국까지 가서 마셔보기도 했다.

원산지인 태국에서는 블랙 아이보리가 그나마 조금 싼 편이지만 몰디브나 다른 나라의 호텔에서는 태국보다 비쌌다.

중간 단계가 있다 보니 어쩔 수 없이 가격이 올라가는 것이다.

"그럼 단도직입적으로 물어보겠습니다. 제 퀸 오브 썬라이즈가 블랙 아이보리보다 수준이 낮다고 생각되십니까?"

재중의 돌직구에 천 회장은 잠깐 태국에서 마셔보았던 블랙 아이보리와 재중이 주었던 퀸 오브 썬라이즈의 느낌을 떠올리고 비교해 봤다.

하지만 이미 퀸 오브 썬라이즈를 떠올린 순간 블랙 아이보리의 느낌이 완전히 사라져 버렸다.

"냉정하게 말해서 블랙 아이보리가 좋은 커피가 맞긴 하지만 퀸 오브 썬라이즈에 비하면 손색이 많은 편이지."

직접 블랙 아이보리와 퀸 오브 썬라이즈를 둘 다 마셔본 천 회장이었기에 냉정하게 비교하고 내린 결론이었다.

그러자 재중의 입가에 미소가 더욱 진하게 그려졌다.

"그럼 간단합니다……."

"……?"

"회원제를 통해서 판매하면 되는 겁니다. 그것도 한 잔당 30만 원에 말이죠."

"……!"

"재중 씨… 그건!"

지금까지 조용히 옆에서 듣고 있던 천서영은 재중이 말했던 회원제라는 것보다 한 잔당 30만 원에 판다는 부분에 너무 놀라서 할 말을 잃어버렸다.

아니, 아무리 커피가 비싸다고 해도 한 잔에 30만 원이라니?

이건 상식적으로 아무리 생각해도 도무지 이해가 가지 않는 것이다.

사실 호텔에 파는 1만 원짜리 커피도 일반 서민들은 비싸다고 하면서 먹지 않는다.

그런데 재중이 말한 한 잔에 30만 원짜리 퀸 오브 썬라이즈에 비하면 1만 원짜리 커피도 너무 싸다는 생각밖에 들지 않았다.

"흐음……."

그런데 너무 놀라 말을 잃은 천서영과 달리 천 회장은 처음에는 놀라는 듯하더니 눈을 천천히 감고 생각에 잠긴 듯 입을 다물어 버렸다.

잠시 뒤, 천 회장이 다시 눈을 떴다.

그런데 재중을 보는 눈빛이 이전과는 뭔가 바뀌어 있었다.

"재중 군."

"네."

"자네는 그게 통할 거라고 생각하는 겐가?"

상식적인 생각에서는 도저히 통하지 않을 것이다.

아니, 세상에 30만 원짜리 커피를 먹기 위해서 카페를 찾는 사람이 있을 것이라는 생각을 하는 것 자체가 미친 짓이라는 판단이 서는 것이 당연했다.

그런데 어째서인지 천 회장은 눈을 감고 생각해 봤다.

과연 자신이라면 30만 원에 퀸 오브 썬라이즈를 마실 것인지 말이다.

그리고 잠깐의 생각 뒤에 내린 결론은 의외로 마신다는 것이다.

"어차피 공급이 부족하다면, 처음부터 고급화 전략으로 나가는 것이 당연하다고 전 생각합니다. 그리고 시우바 회장님과 천 회장님 두 분을 만족시킨 퀸 오브 썬라이즈에 그 정도 값어치는 있다고 전 생각하는데, 회장님은 그렇지 않으십니까?"

"음… 음……."

재중의 말이 어떻게 보면 어처구니 없게 들릴 수도 있다. 하지만 퀸 오브 썬라이즈를 마셔본 천 회장이 듣기에는 의외로 설득력이 있었다.

천 회장은 잠시 고민에 빠진 듯했지만, 역시나 결론은 이미 나와 있는 것이나 마찬가지였다.

그런데 그런 천 회장에게 쐐기를 박는 재중의 말이 들렸다.

"그리고 제 카페를 천 회장님이 오픈하실 카페와 합치겠습니다……."

"……!"

다른 건 몰라도 이 말만은 무시할 수 없다.

천 회장의 고개가 자신도 모르게 번쩍 들렸다.

재중의 카페를 앞으로 자신이 오픈할 카페와 합친다는 말은 확실히 천 회장에게 매력적으로 다가왔다.

"그만큼 자신 있다는 말이군그래……."

천 회장은 도대체 재중이 어째서 저렇게 자신있게 말하는 건지 이해가 가지 않았다.

하지만 단 한 가지, 천 회장도 인정하지 않을 수 없는 것이 있었다.

단 한 번이라도 퀸 오브 썬라이즈를 마셔본 사람이라면 무조건 다시 찾을 것이라는 것을 말이다.

결국 재중의 폭탄선언과 함께 세세한 조정에 들어가기 시작했다.

그 결과, 4층짜리 카페에 1층과 2층은 일반 카페와 같이 판매를 하고 3층과 4층은 회원들만 들어갈 수 있는 특별한 공간으로 만들기로 했다.

그리고 특별한 회원들만 드나드는 전용 엘리베이터를 따로 만들고, 직원들도 아르바이트나 그런 것이 아닌 천산그룹에서 정식으로 고용한 직원으로 해서 서비스의 질을 높이기로 한 것이다.

물론 재중의 카페에 있던 사람 전원이 오픈할 카페로 취직하는 것은 당연했다.

아직 본인들이 모르고 있을 뿐, 전희준과 유혜림, 유새민 자매를 천 회장이 직접 스카우트하는 방법으로 회원들만 전문으로 담당하는 쪽의 직원으로 채용하기로 한 것이다.

거기다 첫 오픈 카페의 지분을 모두 연아에게 주기로도 합의를 마친 상태였다.

천 회장으로서는 첫 오픈하는 카페에 재중의 카페를 합친다면 이득을 보면 봤지 결코 손해가 아니었다.

거기다 만약에 실패를 한다고 해도 괜찮았다.

지분을 모두 연아에게 준 상태였으니 금전적으로 약간의 손해를 보긴 할 것이다.

하지만 반대로 천 회장에게는 재중에게 약간의 빚을 지우게 된다는 결과가 남는다.

성공하면 당연히 이득, 실패해도 결과적으로 천 회장에게는 손해가 없는 것이다.

성공하면 돈과 재중과의 관계가 이어지는 것이고, 실패해도 재중에게 약간의 빚을 지우게 된다.

재중에게 빚을 지움으로써 이후 단 한 번일지라도 도움을 다시 받을 수 있다는 것을 생각하면 그깟 몇 십억쯤은 오히려 푼돈이나 마찬가지였다.

한편 재중으로서도 딱히 손해 보는 것이 없었다.

자신의 카페에서 일하는 사람들이 천산그룹이라는 대기업의 정식 직원이 되는 것이니 말이다.

특히 전희준의 경우 나이는 많고 아이까지 있고, 거기다 기술도 없는 여자였다. 그런 조건으로 천산그룹의 정식 직원이 된다는 것은 사실상 기적에 가까운 일이었다.

물론 유혜림, 유새민 자매도 마찬가지로 말이다.

거기다 이번 기회로 확실하게 재중이 연아에게 모든 것을 떠넘길 수 있기도 했다.

어릴 때 길거리 생활을 하던 시절부터 시작해 대륙에서도 무언가를 책임지고 관리하는 것은 재중의 성격에 맞지 않았다.

거기다 카페도 처음부터 연아를 찾으면 모두 넘겨줄 생각
으로 했던 것이고 말이다.

"헉!!! 오빠?"
이야기를 전해 들은 연아가 놀라는 것은 당연했다.
그 소식을 들은 카페 일행도 덩달아 놀랐다.
졸지에 카페 직원에서 천산그룹 정직원이 되었으니 말이다.
뭐, 물론 연아는 죽어도 사인하지 않겠다면서 고집을 부렸
다.
하지만 재중이 자신은 우선 공부를 하고 앞으로 카페 말고
다른 일을 해보고 싶다고 말을 꺼냈다.
거기다 지금 카페 건물은 약간 개조를 해서 자신이 지내는
집으로 만들고 이곳에 머무르던 사람들 모두 그대로 지내도
된다는 말을 하자 연아도 어쩔 수 없이 승낙해 버렸다.
자신의 고집으로 재중의 다른 미래를 막을 수는 없으니 말
이다.
하지만 살짝 자신이 뭔가 당하는 것 같은 느낌만은 지워 버
릴 수 없는 연아였다.
"그런데 오빠, 거기 오픈이 언제인데?"
사인까지 했기에 더 이상 피할 수도 없게 된 상황이었다.
연아는 어쨌든 준비를 하려고 재중에게 물었다.

"일주일 뒤."

"헉!!! 일주일 뒤? 그럼 며칠 안 남았잖아!"

몇 달의 여유는 있겠지, 라는 생각으로 물었던 연아는 또다시 놀라 버렸다.

"천 회장님 입장에서는 이미 나와 계약하는 순간부터 준비한 거니까 사실 그렇게 빠른 건 아니야."

"그거야… 그렇지만… 그럼 바로 짐 싸?"

"그래, 그리고 천 회장님이 우리 까페에서 쓰던 집기들도 그렇고 다른 것도 다 마음에 들었다고 하시더라. 그래서 회원들을 위한 것은 따로 구입을 하겠지만, 일반 손님을 위한 것은 우리 것을 그대로 쓰자고 하시네."

"그래? 음… 그럼 바쁘겠는데……."

재중의 말을 모두 들은 연아는 순식간에 1층과 2층 그리고 3층의 물건들을 어떻게 정리할 것인지 머릿속이 복잡하게 움직이기 시작했다.

그런데 한창 생각하던 연아에게 한 가지 큰 문제가 떠올랐다.

바로 본래 재중의 카페에서 사용하던 회원들 개인의 머그컵이었다.

"오빠… 회원들 개인 컵은 어쩌지?"

"시간이 있으니까 공지를 올리고 우선 개인 컵을 다시 가져가 달라고 해야겠지. 물론 카페는 확장 이전을 한다는 걸로 하고 말야."

"음… 그게 좋으려나……?"

재중의 말에 연아는 왠지 그것 말고도 좋은 방법이 있지 않을까 하는 생각이 들었다.

하지만 당장 일주일 뒤에 카페를 옮겨야 하는 상황이라 시간이 부족했다.

"차라리 오빠가 그냥 계속하는 건 어때?"

연아는 3층짜리 목조건물인데 그걸 그냥 개인이 머무는 집으로 만들기에는 왠지 아깝다는 생각이 들었다.

거기다 카페였던 건물을 사람이 지낼 집으로 리모델링하는 것도 돈이 많이 들 것 같았고 말이다.

하지만 재중은 고개를 흔들면서 대답했다.

"내가 모든 원두를 공급하기로 해서 다시 카페를 한다고 해도 원두가 없어."

"응? 오빠가 원두를 공급해? 왜? 레시피랑 다 그때 천 회장님한테 넘긴 거 아니었어?"

씨익~

연아는 아직 천 회장이 퀸 오브 썬 라이즈를 블렌딩할 때 핵심이 될 원두의 재배에 실패했다는 것을 몰랐기에 물을 수밖에 없었다.

하지만 재중은 대답 대신 웃기만 했다.

"왜 웃어?"

"내가 원두를 계속 공급해야 나도 돈을 벌지 않겠어? 대학 등록금에 앞으로 살아가면서 쓸 돈도 필요하고 말야. 딱히 내가 현재 다른 직업이 있는 것도 아닌데, 안 그래?"

"응… 뭐, 그거야… 그렇네……. 그러고 보니… 아! 잘했어 오빠. 정말 잘했어!!"

재중의 말을 가만히 생각해 보던 연아는 입가에 미소를 한 가득 머금고는 환하게 웃었다.

결과적으로 연아 자신은 새로 지은 근사한 카페 하나를 얻게 되었고, 재중은 커피 원두를 공급하면서 편안하게 대학까지 진학해서 원하는 만큼 공부를 해도 충분할 돈을 벌게 되었으니 말이다.

거기다 특이하게도 연아가 앞으로 운영할 카페는 천산그룹의 직원이 근무하는 곳이지만 실제 주인은 연아인 조금은 독특한 구조가 되었다.

연아가 운영하면서 사람을 고용하지만 고용한 월급은 천산그룹에서 지급하는 조금은 특이한 구조 말이다.

물론 재중이 뒤에 버티고 있기에 이런 말도 안 되는 고용 관계가 성립한 거였다.

하지만 연아도 듣고 고개를 갸웃거릴 뿐 입을 다물었다.

뭐, 돈을 달라는 것도 아니고 그쪽에서 월급까지 챙겨준다는데 뭐하러 물어보겠는가?

이럴 때는 조용히 있는 것이 좋은 거라는 것은 이미 양부모가 운영하는 마트에서 경험했기에 연아의 태도는 자연스러웠다.

회원분들께 알립니다.

이번에 저희 카페가 확장 이전을 하게 되었습니다.

위치는 조금 외각이긴 하지만 새로 지은 건물로 이사 갑니다.

다만 일주일 뒤에 이사를 가야 해서 급하게 공지를 올립니다.

개인 회원분들의 머그컵을 다시 가져가셨다가, 새로 오픈하면 다시 오셔서 맡겨주세요.

저희가 짐이 너무 많아서요.

그럼 새로 오픈한 카페에서 다시 뵐게요~

거의 한 달 동안 여행 간다는 말과 함께 카페 문을 닫았다가 갑자기 확장 이전을 한다는 공지에 엄청난 댓글이 달렸다.

그중에는 욕하는 사람도 있지만, 그래도 대부분 축하한다는 말과 함께 오픈하면 다시 찾아가겠다는 말이 많았다.

물론 재중의 카페가 흔하디흔한 카페였다면 아마 이런 공지글도 조용히 묻혀 버렸을 것이다.

하지만 그동안 재중의 카페에서 커피를 마셨던 사람들은 카페가 문을 닫는 동안 적지 않은 문제를 깨달은 상태였다.

손님들은 재중의 카페가 크루즈 여행을 하면서 문을 닫자 어쩔 수 없이 다른 카페에 갈 수밖에 없었다.

그런데 여기서 문제가 발생한 것이다.

"뭐야… 이거 왜 이리 맛없지?"

"그래? 나도 그런데."

"원래 환상의 카페에서 먹던 것과 비교하면 이건… 그냥 쓴맛뿐이야……."

"아… 다른 데 가볼까?"

소량이지만 퀸 오브 썬라이즈의 맛에 익숙해져 버린 회원들에게 당연히 일반 커피가 맛이 있을 리가 없었다.

혹시나 하고 다른 카페를 찾고 돌아다녀봤지만 결과적으로 재중의 카페를 다녔던 회원들의 입에 맞는 커피를 찾지 못한 것이다.

결국 그들은 특이하게도 다른 카페에 가지 않고 집에서 그냥 인스턴트커피를 마시면서 재중이 다시 오픈하기만을 기다리는 상황이 벌어져 버렸다.

사실 재중의 카페가 문을 닫고 한 달 가까이 여행을 간다고 하자 주변의 카페들은 환호성을 질렀었다.

카페의 특성상 커피맛보다 분위기 때문에 오는 사람이 대부분이다.

그러다 보니 재중 카페의 커피 맛을 잘 모르는 그들은 이번을 환상의 카페 손님들을 자신의 손님으로 끌어들일 절호의 기회로 여긴 것이다.

그런데 웬걸?

손님들이 몇 번 오는가 싶더니, 며칠 만에 다시 본래대로 돌아가 버렸다.

거기다 그들의 카페 커피가 맛이 없다는 소문까지 돌기 시작하자 오히려 재중의 카페가 문 닫기 전보다 더욱 손님이 줄어드는 상황이 벌어진 것이다.

이것은 사람의 입맛이라는 것이 얼마나 무서운지 정확하게 보여주는 상황이었다.

이미 소량이지만 퀸 오브 썬라이즈라는 최고급 블렌딩 커피에 천천히 입이 길들여져 버린 재중의 카페 회원들이었다.

그들에게 일반 프랜차이즈 커피는 그저 쓴맛 나는 비싼 물이었다.

사람이 작은 화면으로 TV를 보다가 큰 화면으로 바꿀 수는 있지만, 반대로 큰 화면으로 TV를 보다가 작은 화면으로 바꾸면 견디지 못하는 것과 마찬가지였다.

보다 좋고, 편하고, 맛있는 것에 익숙해진 사람은 되돌아갈 수 없는 것이다.

결과적으로 기존의 회원 모두가 이전한 카페로 찾아왔다.

카페가 이전을 했는데도 100% 회원이 모두 옮긴 카페로 가는 것은 정말 이례적인, 재중이 처음이랄 수 있는 사건이었다.

Chapter 03
대학 면접

재중귀환록

―마스터.

"응?"

―내일이 수능인데 만점 자신있으시죠?

"훗… 뭐 해보는 데까지 해보는 거지."

재중은 그냥 흘리듯 말했지만 테라는 자신했다.

만약 현중이 만점을 받지 못한다면 교육부든 뭐든 찾아가서 한바탕 뒤집어놓을 생각까지 하고 있었다.

망각을 모르는 드래곤의 기억력을 가진 재중이다.

그런 재중이 만점을 받지 못한다는 것은 테라의 상식선에서 도저히 이해할 수 없는 것이었으니 말이다.

단 하나, 채점자가 일부러 재중에게 만점을 주지 않기 위해 고의로 점수 조작을 하지 않고서는 불가능한 일이기에 만점을 자신했다.

그런데 그런 테라의 눈빛을 본 재중이 조용히 말했다.

"수능 점수는 그냥 받아들여라, 테라."

—네?

"딴짓하지 말라는 말이야."

테라 같은 경우 어디로 튈지 모르는 녀석이라 뭔가 이상한 낌새가 보인다 싶으면 이렇게 경고를 해야 했다.

그러지 않으면 꼭 사고를 친다.

그리고 역시나 재중이 미리 경고를 하자,

—호호호호~ 무슨 말씀이세요, 전 마스터의 사랑만 받으며 살아가는 테라예요. 호호호호홋~ 뭐, 그까짓 점수 어차피 숫자놀이잖아요. 안 그래요, 마스터?

과하게 웃으면서 재중의 눈빛을 피하는 테라의 모습에 재중은 확신했다.

'녀석, 수능 점수에 따라 뭔 짓을 할 생각이었구만.'

다른 사람에게는 몰라도 재중에게만큼은 거짓말을 하거나 뭔가 들켰을 때 이상하게 오버하는 테라다.

하지만 결과적으로는 굳이 테라가 나설 필요가 없어져 버렸다.

─마스터～～～ 만점이에요! 호호호호호, 역시 제 마스터
답다니까요. 호호호호!

인터넷으로 수능 점수를 확인한 테라는 엄지손가락을 들
어 보이면서 당연하다는 듯 고개를 끄덕였다.

하지만 재중의 반응은 그냥 그렇구나 하는 정도였다.

어차피 가까운 대학 중에 한 곳을 골라서 들어갈 생각이었
으니 굳이 만점이 아니라도 상관없었다.

다만 테라가 자신이 만점을 받지 않으면 뒤에서 무슨 짓을
꾸밀지 몰라서 그런 일을 미리 막기 위해 어쩔 수 없이 만점
을 받은 것이다.

모두 재중의 희생으로 교육부가 안전해졌다고 할 수도 있
었다.

물론 그들은 모르겠지만 말이다.

"축하드려요, 재중 씨."

"네."

유서린이 재중의 수능 만점에 축하 인사를 하자 재중이 그
냥 평소대로 인사를 받아주었다.

재중에게 인사를 마친 유서린은 얼굴에 그늘을 드리운 채
밖으로 물러났다.

옆에서 지켜보던 테라가 유서린이 나가자마자 재중에게

다가왔다.

─마스터, 그때 왜 유서린은 명단에서 빼신 거예요?

재중이 천 회장과 계약서를 새로 쓸 때 전희준부터 유혜림, 유새민 자매까지 천산그룹의 정식 직원으로 포함시켰었다.

그런데 이상하게 유서린은 그 명단에서 뺐던 것이다.

캐롤라인이야 시우바 그룹의 회장 손녀에 현재 그룹의 내부 정리 때문에 어쩔 수 없이 한국에 머무는 처지였다.

안전상의 이유로 재중과 가까이 있기 위해 이제는 연아의 카페가 된 곳에서 아르바이트를 하고 있지만 그것도 결국 한때뿐이다.

하지만 유서린은 캐롤라인과는 처지가 달랐다.

오갈 데 없는 것은 마찬가지인 입장인데 다른 이들은 모두 새 카페의 정식 직원이 되는 중에 본인만 명단에서 빠진 것이다.

내색은 하지 않았지만 몹시 서운해했을 것이 분명했다.

테라도 알고는 있지만 재중이 뭔가 생각이 있을 것이라고 생각하고는 그냥 가만히 있었다.

하지만 벌써 카페가 이전을 하고 꽤 시간이 지났다.

옛날 카페는 벌써 3층짜리 목조 주택으로 변신을 마쳤고 그게 벌써 3개월 전이다.

다들 정식 직원인데 유서린만 유일하게 옮긴 카페에서 아르바이트생으로 일하고 있는 것이다.

"스스로가 만족하지 않을 테니까."

─네? 스스로가 만족하지 않는다니 무슨 말씀이세요? 천산그룹의 정직원이 되는 건데 그걸 마다할 사람이 있을 리가 없잖아요. 제가 알아보니 나름 한국에서는 취업 희망 순위 부동의 1위를 지키는 곳이 천산그룹인데 설마…….

테라는 재중의 말에 믿을 수 없다는 듯 말했지만 재중은 싱긋 웃으면서 말했다.

"가수가 되겠다는 꿈을 가지고 몇 년 동안 연습했던 그녀가 과연 평범한 월급쟁이로 만족을 할까?"

─뭐… 그거야 본인이 아니면 모르는 거 아니에요? 그동안 지켜봤는데 가수에 대한 꿈은 접은 것 같아 보였는데요.

테라도 재중이 유서린을 데리고 온 뒤부터 패밀리어를 이용해서 계속 감시 아닌 감시를 했었다.

그녀를 스토킹하기 위해서가 아니라, 안전을 위해서 말이다.

삼합회가 오룡이 죽으면서 혼란에 빠진 상태지만 확실하게 그녀에 대한 관심을 접었다고 판단할 수는 없었다.

감시는 어쩔 수 없는 선택이었던 것이다.

그리고 그렇게 쭉 지켜본 바가 있기에 가수에 대한 꿈을 접었다고 말한 것이다.

하지만 재중은 테라의 말에 고개를 저었다.

"사람이 자신의 꿈을 위해서 수년 동안 쏟았던 열정을 쉽게 잊어버릴 수 있을까? 난 아니라고 생각하는데."

—음… 뭐, 확실히 마스터의 말대로 인간은 뭔가에 미치면 정말 환장하긴 하죠……. 마법사들이 마법에 미쳐서 자기 스스로를 죽여 리치까지 만드는 것도 가끔 봤으니까요.

"그래서 한번 기회를 줘보려고."

—네?

뜬금없는 재중의 말에 테라가 동그랗게 눈을 뜨고 재중을 쳐다봤다.

"정태만의 더러운 피의 인연이지만 그녀에게 상처를 준 것은 사실이니까. 정태만이 빼앗은 그녀의 꿈을 내가 되살릴 기회를 줘보는 것도 약간이나마 속죄가 아닐까 하는 생각이야."

—마스터… 정태만 때문에 그러시는 거면 그냥… 모른 체 하셔도……. 유서린 그녀는 마스터와 정태만이 친척이라는 것을 모르고 있어요. 그런데 굳이…….

정태만 사건이 완전히 수면 아래로 가라앉아 버리고, 윤지율과 정예지가 재중의 얼굴 바꾸기 마법으로 신분을 바꿔 버린 상황이었다.

정태만은 더 이상 이슈거리가 되지 못했기에 처음 형사가 찾아왔을 때 빼고는 더 이상 찾아오는 사람도 없었다.

그래서 유서린은 재중과 정태만이 친척이라는 것을 전혀 알지 못했다.

하지만 더러운 피라도 결국 피의 인연으로 생긴 것은 풀어야 한다는 것이 재중의 생각이었다.

그리고 꼭 피의 인연 때문만이 아니기도 했다.

꿈과 희망을 모두 잃어버린 유서린의 모습은 바로 재중 자신의 과거 모습이기도 했으니 말이다.

연아를 잃고 길거리를 떠돌았던 자신과 지금 유서린의 모습이 너무나도 닮아 있었던 것도 재중의 마음이 움직이는 데 어느 정도 영향을 끼쳤다.

"난 기회를 줄 뿐이야. 그걸 잡느냐 잡지 못하느냐는 모두 그녀 스스로의 의지이겠지."

―마스터…….

재중이 말은 저렇게 퉁명스럽게 하지만 실제론 그렇지 않다는 것을 잘 알고 있는 테라였다.

재중의 성격상, 자신이 직접 움직인 이상 어설픈 것은 싫어한다는 것을 잘 알고 있으니 말이다.

"그보다 테라."

―네, 마스터.

"준비는 어떻게 되어가는 거지?"

재중이 차분하게 가라앉은 눈빛으로 물어봤다. 순식간에 테라도 방금 전의 슬픈 듯한 눈빛을 지우고 차갑게 가라앉은 눈을 하고 있었다.

─우선 저희 수중에 돈이 필요하다는 것은 어쩔 수 없는 사실이에요. 그래서 지금 남미와 북미 쪽에서 주식과 선물 투자 등 돈이 되는 것은 모두 하고 있어요.

"주식? 선물 투자? 무슨 돈으로?"

이야기 속에서 보면 몇 백만 원가지고 며칠 만에 몇 천만 원에서 몇 억씩 벌기도 한다.

하지만 사실 그건 실질적으로 불가능한 일이다.

더구나 재중은 테라에게 딱히 돈을 준 적도 없었다. 재중이 테라에게 어찌 된 일인지 물었다.

─호호홋… 가장 강력하면서도 확실한 돈줄에게 잠시 빌렸어요, 마스터.

"돈줄?"

─시우바 그룹의 시우바 회장에게 돈을 좀 빌리면서 자문도 좀 구했어요. 남미 쪽은 시우바 그룹의 도움 때문인지 제법 돈이 모인 편이에요. 북미 쪽도 아직 만족할 만한 수준은 아니지만 손해는 아니구요.

"그래… 굳이 시우바 회장에게 손을 내밀 필요가 있었을까?"

마법과 지구의 주술이 섞인 삼합회의 모습에 재중도 준비가 필요하다는 것을 느끼고 시간이 좀 지났다.

당시 그와 관련해서 테라에게 모든 것을 일임하긴 했었다.

하지만 시우바 그룹의 돈을 썼다는 테라의 말에 재중은 살짝 눈가를 찡그렸다.

누군가에게 빚을 지면 결국 그 빚이 자신에게 되돌아오는 법이다.

그게 좋은 것이든, 싫은 것이든 말이다.

―그건 걱정 마세요, 마스터. 시우바 회장의 목숨 값이거든요. 호호호홋!

"목숨 값?"

―새도우가 돈 값을 톡톡히 했거든요. 호호호홋~

그간 테라가 재중에게 보고를 하지 않았을 뿐이지, 시우바 회장은 재중이 크루즈를 타고 떠난 그 순간부터 내부에 있는 배신자들과 전쟁을 시작했었다.

그리고 무려 5번이나 꼼짝없이 죽을 상황에 놓이기도 했고 말이다.

하지만 그때마다 재중이 준 새도우 덕분에 상처 하나 없이 살아났고, 그렇게 시우바 회장이 살아남을수록 당연히 시우바 그룹 내의 배신자는 줄어들었다.

하지만 시우바 그룹의 직계 자손까지 관련된 워낙에 큰 건이었다.

정부까지 움직였던 녀석들이기에 바로 해결되진 않았지만, 이제 그것도 거의 끝을 향해 가는 상황이었다.

이미 계열사 사장들은 모두 차가운 바닷속으로 사라지거나 감옥에 들어가 있었다.

이제 남은 것은 시우바 회장의 죽음을 원했던 자식들뿐이었으니 말이다.

캐롤라인은 그녀의 안전을 이유로 시우바 회장이 연락을 끊어버렸기에 이런 사실을 정확하게는 모르고 있었다.

물론 이미 저택이 습격을 받았기에 어느 정도 눈치는 챘지만, 계열사 사장들과 자신의 부모님이 그때 사건의 주범이라는 것은 모르는 것이다.

굳이 알아서 좋을 것도 없기에 시우바 회장이 그렇게 처리하기도 했었다.

"훗… 뭐, 나야 좋은 일이지."

재중에게 끝없는 호감을 가진 시우바 회장이 살아남아서 그룹 내에서 권력이 강해질수록 재중에게 이득이지 손해 볼일은 없다.

재중이 은은하게 미소를 지었다.

"그럼 당장 얼마나 쓸 수 있어?"

─돈이요? 얼마나 필요하신데요, 마스터?

재중은 오히려 자신에게 얼마나 필요하냐고 묻는 테라를 쳐다보면서 고개를 갸웃거렸다.

웬만큼 큰 액수가 아니고서는 테라가 저런 식으로 대답하지 않는다는 것을 잘 알고 있으니 말이다.

"연예기획사 사서 유서린을 가수로 데뷔시킬 정도?"

그 일에 딱히 얼마나 필요한지 모르는 재중이었기에 테라의 물음에 두루뭉술 대답했다.

—음…….

이내 생각에 잠긴 테라가 뭔가 계산을 해보더니 입을 열었다.

—그럼 한 1,500억 정도면 되겠죠?

"……."

순간 재중은 테라가 1,500만 원을 잘못 말한 줄 알고 그냥 물끄러미 쳐다봤다.

—왜 그러세요, 마스터? 적은가요?

사실 테라도 재중이 말한 것처럼 연예기획사 하나 사서 유서린을 가수로 데뷔시키는 데 얼마나 드는지 알지 못했다.

다만 재중의 말을 듣고 전에 우연히 봤던 것이 떠올라서 1,500억이라는 액수를 말한 것뿐이다.

"가수 한 명 데뷔시키는 데 그렇게 많이 들어?"

곧 테라가 말한 액수가 1,500만 원이 아닌 1,500억이라는 걸 인지한 재중이 테라에게 되물었다.

―아마… 그럴 걸요?

"그럴 걸요, 라니? 무슨 근거로 1,500억이 나오는데 그럼?"

확실한 대답이 아닌 모습에 재중이 심드렁하게 물어보자
테라가 답했다.

―전에 인터넷에서 한국에서 잘나간다는 연예기획사의 재
산을 한번 봤는데 1,000억에서 1,500억 사이였거든요, 그래서
그냥 저희도 1,500억 정도 있으면 유서린을 가수로 만들 수
있지 않을까? 해서요……. 혹시 적은 것 같으세요, 마스터?

언예계의 생태를 전혀 모르는 테라와 텔레비전을 거의 보
지 않는 재중.

이 둘이서 연예기획사를 사서 유서린을 가수로 데뷔시킨
다는 것부터가 이미 상식적으로 말이 되지 않는 것이다.

물론 돈이 없다면 말이다.

"적고 많고는… 나도 모르지……. 그보다 너 돈을 얼마나
만든 거야?"

1,500억을 그냥 아무렇지 않게 말하는 테라의 모습에 재중
이 질렸다는 표정으로 물었다.

―뭐, 모두 싹~ 정리하면 아마 5억 달러 정도 될 거예요.

"5억 달러면… 한화로 5천억 원 조금 넘는 금액인데…….
너 그게 정말 순수하게 북미와 남미 쪽에서만 번 돈이라는

거야?"

재중도 설마 하니 테라가 5억 달러까지 벌 줄은 짐작조차 못하고 있었다.

혹시나 테라가 뭔가 부정한 방법이나 마법을 썼을까 의심이 들어 물어보자 오히려 테라는 당당하게 말했다.

―시우바 회장이 자신의 목숨 값이라면서 1억 달러를 빌려줘서 크게 어려운 건 없었어요, 마스터. 그리고 시우바 그룹 내 전문가들이 알아서 도와주는데 오히려 돈을 못 벌면 그게 이상하죠. 호호호홋~

"쩝… 하긴……."

기본 시작 자금이 1억 달러라면 사실 몇 달 만이긴 하지만 5억 달러를 버는 게 크게 문제 될 것은 없긴 했다.

거기다 시우바 그룹에서 알아서 전문가까지 동원해 도와줬다면 오히려 돈을 못 번다면 그게 더욱 이상할 것이다.

사실 기본 자금이 1억 달러가 아니고 시우바 그룹에서 전문가를 붙여주지 않았다면 아무리 테라가 마법사에 날고 긴다고 해도 몇 달 만에 5억 달러를 버는 것은 무리였다.

주식이라는 것이 워낙에 변동이 많아 예측하는 것 자체가 수십 년의 경험과 노하우를 필요로 했으니 말이다.

"그런데 내가 마음대로 써도 되겠어?"

―그 돈은 마스터 것이에요. 제가 뭐 돈이 필요하겠어요,

호호홋~ 이렇게 마스터 곁에만 있으면 되는데요.

그러면서 기회를 잡았다는 듯 재중의 옆에 앉아서 슬그머니 품으로 파고드는 테라였다.

재중은 그런 테라를 그냥 두었다.

우선 알게 모르게 자기가 내린 명령을 실행하느라고 고생했을 것이 뻔했을 테라에 대한 칭찬의 의미였고, 또 자신은 명령을 내리는 입장이지만 아무리 좋아서 한다고 해도 적잖이 고생했을 텐데 그것까지 모른 척하는 마스터이고 싶진 않았던 것이다.

그러다 불현듯 든 생각에 자신도 모르게 피식 웃어버린 재중이었다.

"후후훗… 그럼 나 부자인 건가?"

─후후훗… 뭐, 아는 사람이 적어서 그렇지 마스터의 재산이 적은 편은 아닐 거예요.

"하긴……."

당장 재중이 원한다면 5억 달러, 즉 한국 돈으로 5천억 원에 가까운 돈을 움직일 수 있는데 그게 적은 돈이라면 지나가는 개가 웃을 것이다.

"삼합회 쪽은 어때?"

애초 돈을 모은 목적이 그것 때문이기에 재중이 물었다.

그에 테라의 표정이 살짝 어두워졌다.

─아무래도 대륙의 마법사나 아니면 대륙의 마법 지식이 삼합회 녀석들에게 전해진 게 확실한 것 같아요, 마스터.

"……."

재중도 부적을 이용해서 마법을 사용하는 특이한 방식을 직접 봤기에 조용히 테라의 이야기를 듣기 시작했다.

─제 패밀리어가 단 한 마리도 삼합회 안으로 들어가질 못했어요. 모두 걸렸거든요.

"단 한 마리도… 불가능하다라……. 그럼 삼합회 녀석들이 대륙의 마법 지식을 가지고 있을 확률은 얼마나 되지?"

─99%예요, 마스터.

"확신만 없을 뿐 100%라는 말인데… 그게 가능할까?"

재중도 직접 봤지만 확신이 안 서는 것이다.

대륙의 마법 지식이 지구에 전해진 것부터가 믿어지지 않는데, 그것을 삼합회 녀석들이 지구의 부적과 같은 동양의 주술과 섞어서 사용하고 있다는 것이 쉽게 믿어지겠는가?

재중도 확실한 증거가 없는 한 쉽게 믿지 않는 성격이긴 했다.

하지만 이제는 믿지 않을 수가 없는 상황까지 와버렸다.

─다만 대륙의 마법 지식이 아직 크게 전해지진 않은 것 같아요.

"응? 어떻게 그걸 알지?"

─마스터도 아는 사람의 도움을 받았거든요. 아이린이라고 아시죠?

"아이린? 그녀가 왜?"

갑작스레 크루즈에서 헤어진 뒤 잊고 지내던 아이린의 이름이 나왔다.

재중이 영문을 몰라 물었다.

─그녀에게 통신 마법이 걸린 반지를 줬는데 그건 들키지 않았거든요. 뭐, 워낙에 고차원 마법으로 만든 거라 8서클보다 낮은 마법사나 마법에 걸리지 않도록 신경 쓰긴 했지만요.

"음… 패밀리어는 걸렸지만 통신 마법이 걸린 아티팩트는 무사통과라……. 그럼 동양의 주술에 한해서만 대륙의 마법을 섞어서 쓰는 거라는 건데……. 모르겠어… 누구지? 지구에 대륙의 마법을 전한 사람이."

핵심은 그것이었다.

삼합회가 사용하는 대륙의 마법적 지식을 과연 누가 전했냐 하는 것이다.

─아무래도 검은 복면 녀석들일 것 같아요, 마스터.

"음… 가능성이 높긴 하지……. 대륙에서조차 사라진 은신술을 쓰는 녀석들이니……."

재중은 검은 복면의 녀석들을 생각하자 저절로 인상이 찡그려질 수밖에 없었다.

얼마나 세력과 힘을 가지고 있는지는 모르지만 검예가를 집어삼키려고 하는 것만 봐도 결코 만만히 볼 세력이 아닌 것만은 확실했으니 말이다.

적으로 삼기에는 너무 변수가 많은 녀석들이었다.

물론 재중 혼자라면 문제가 없었다.

하지만 만약 녀석들이 연아를 노린다면 그것만큼 골치 아픈 게 없다.

무엇보다 지금 재중은 이제 세력이나 힘을 만드는 시작 단계에 있는 것이나 마찬가지였다.

객관적으로 생각해도 지금 자신이 너무나 불리했던 것이다.

"그건 천천히 생각하자. 그런데 그럼 삼합회 상황은 모르는 거야?"

─아니요. 제가 누구예요, 호호홋! 드래곤의 마도서 테라예요. 아이린을 통해서 어느 정도는 정기적으로 정보를 받고 있어요. 물론 진실인지 거짓인지 확인도 했구요.

"그럼 간단하게 말해봐."

─뭐, 마스터께서 간단하게 말하시라고 해서 요약하자면, 그냥 개판이에요.

"개판?"

─네, 마스터. 오룡의 세력이 생각보다 강했던 것 같아요.

그리고 오룡의 밑에 있던 녀석들이 다른 용들의 품으로 들어가는 것을 거부하고 있기도 하구요. 그러다 보니 소위 말하는 집안싸움이 난 거죠.

"후후후훗… 처음에 욕심내던 녀석이 실패했군."

─네, 초반에 품에 안지 못하자 다른 용들까지 합세해서 서로 물어뜯고 지금 난리예요, 호호홋! 오히려 저희에게는 좋은 상황이죠. 동시에 그 덕분에 아이린도 제법 위치가 올라가서 천천히 느리긴 하지만 삼합회의 중심 세력으로 파고들어 가는 중이기도 하구요.

재중이 노리거나 그런 것은 아니지만 오룡을 죽인 것이 나비효과가 되어 삼합회라는 커다란 단체를 뒤흔들고 있는 중이었다.

덕분에 아이린도 자신이 원했던 대로 삼합회의 중심을 향해 천천히 다가가고 있는 중이고 말이다.

다만 재중은 불현 듯 그런 생각이 들었다.

'어째 내가 손대는 일들이 이상하게 계속 커지는데… 베르벤이 말했던… 운명이 바뀌어서 그런 건가?'

대륙에서 재중이 드래곤의 피의 각성을 하고 나서 베르벤이 했던 말이 갑자기 떠올랐다.

피의 각성을 한 순간, 재중의 운명이 인간의 것을 벗어나 다른 방향으로 움직였다고 말이다.

사실 그때는 그다지 다른 방향으로 움직여도 상관없을 만큼 거지같은 인생이었기에 별생각 없이 들었었다.

하지만 지구로 돌아와서 어째 자신이 직접 움직이는 것마다 이상하게 일이 크게 번지는 것을 보니 왠지 베르벤이 한 말이 맞는 것 같은 느낌이 든 것이다.

계획을 가지고 한 것도 아니었다.

그저 적으로 찍고 오랜 원한을 갚았을 뿐이다.

하지만 결과적으로 삼합회와 적이 되고, 그 누구도 몰랐던 검은 복면 녀석들도 알게 되었다.

만약 재중이 연아를 찾지 않고 그냥 조용히 자신의 존재를 숨겼다면 아마 지금 일어나는 모든 일이 일어나지 않았을지도 몰랐다.

한마디로 재중에게 힘이 있기 때문에 일어난 일이었다.

"홋… 힘을 가진 자의 대가라면 뭐, 받아주지. 어차피 더 이상 떨어질 곳도 없는 인생이었으니까."

하지만 재중은 전혀 후회 없었다.

어차피 거지같이 바닥을 기던 인생이었으니 말이다.

아니, 길거리에서 알래스카에 있을 동생을 찾아 헤매이면서 거지같이 살아갈 바에는 삼합회든 검은 복면 녀석이든, 아니면 그보다 더한 녀석들이라도 상대하는 것이 차라리 좋은 재중이다.

최소한의 발악조차도 허공에 묻혀 버리던 과거의 인생보다는 세상을 향해 포효를 내지르는 지금이 좋은 것이다.

끼이익~

테라와의 거의 대화가 마무리되어 갈 때쯤, 이제는 카페가 아니기에 외부인이 오지 않는 집의 문이 열렸다.

"재중 씨 있어요?"

"네."

재중은 카페를 할 때도 거의 지정석처럼 이용하던 문 옆쪽 테라스에 앉아 있었다.

"그동안 잘 지내셨죠?"

재중이 일어서 걸어 나가자 천서영이 웃으면서 재중에게 인사를 했다.

"네, 그런데 저번 주에도 봤는데요?"

재중이 카페의 핵심 원두를 제공하고 있기에 적어도 한 달에 1번, 많으면 한 달에 3번까지 거의 정기적으로 천서영을 만나는 편이었다.

천 회장이 일부러 그렇게 수작을 부린 거지만, 재중도 차라리 모르는 사람보다 천서영이 편했기에 그냥 그렇게 하기로 했다.

그런데 일주일 전에 원두를 가져갔는데 벌써 원두가 떨어진 건가. 재중이 의아해하면서도 걸음을 옮겨 지하로 가려는데 천서영이 재중을 잡았다.

"잠깐만요, 오늘은 원두 때문에 온 게 아니에요, 재중 씨."

"……?"

몇 달 동안 원두가 아니면 찾아온 적이 없는 천서영이었다.

재중이 천천히 몸을 돌려 바라보자 천서영이 입을 열었다.

"수능 만점으로 패스하신 것 축하드려요."

"아… 네, 뭐. 어쩌다 보니 그렇게 됐네요."

사실 천서영도 긴가민가하긴 했었다.

재중이 딱히 공부를 그렇게 열심히 하는 것도 아니었으니 말이다.

하지만 미국과 브라질에서 보여준 재중의 언어능력을 보면 그가 천재라는 건 이해 못할 바가 아니었다.

그렇기에 천서영은 재중이 수능을 만점으로 패스한 것을 어렵지 않게 받아들였다.

그리고 그것을 축하한다는 핑계로 찾아온 것이다.

사실 그동안 천서영은 몇 번이나 재중을 찾아오려고 했었다.

분명 언젠가는 브라질로 다시 돌아갈 캐롤라인이었다.

더구나 재중의 곁에는 연아와 전희준, 그리고 유서린까지 같이 있었다.

그런데도 유독 캐롤라인이 신경 쓰이는 걸 어떻게 할 수 없었다.

하지만 자신에게 냉정하게 이성으로 관심이 없다는 말을 한 남자에게 계속 들러붙는 것도 왠지 실례가 될 것 같았다.

그리고 싫어하진 않지만 관심이 없다는 남자의 곁에 계속 머무는 것도 조금 그렇다.

그래서 지금까지 기회만 보고 있다가 수능 만점 패스 소식을 듣고는 뒤도 돌아볼 것 없이 찾아온 것이다.

"그럼 원하는 대학이라도 있으세요?"

재중의 무관심한 반응이 나오자 이제는 나름 적응한 천서영이 곧바로 화제를 대학으로 돌렸다.

"뭐… 누가 S대로 가라고 해서 그쪽으로 넣어볼 생각입니다…….."

"S대요? 정말이에요?"

재중은 그냥 테라가 하도 S대를 가라고 해서 그렇게 대답한 것뿐인데 천서영이 놀라면서도 반가운 듯한 표정을 짓는다.

예상치 못한 반응에 재중이 고개를 갸웃거리자 천서영이 답했다.

"제가 S대 다니고 있거든요."

"서영 씨가요?"

"네, 암 때문에 어쩔 수 없이 휴학하면서 학교를 가지 않은 날이 제법 되긴 했지만, 내년에 저도 복학할 예정이었어요."

"뭐, 제가 그곳에 붙는다면 같은 학교를 다니겠군요……."

재중은 아직 S대 합격한 것도 아니었기에 천서영이 다니는 S대에 자신이 간다는 것에 그다지 반응이 없었다.

그와 달리 천서영은 마치 커다란 선물을 받은 것처럼 얼굴에 화색이 돌기 시작했다.

"그러네요. 그런데 S대 이사장이 제 아버지인 건 모르시죠?"

"서영 씨의 아버님이 S대 이사장으로 있으세요?"

재중도 그건 몰랐기에 되물어봤다.

"네, 지금 천산전자를 맡고 계시지만 원래는 S대 이사장도 같이 하고 계세요."

천산전자라면 천산그룹을 현재 먹여 살리고 있는 핵심 중에 핵심 계열사였다.

한마디로 천산전자의 사장이 다음 천산그룹을 이어받는다는 말이 공공연하게 들릴 정도면 어느 정도인지는 굳이 설명할 필요가 없었다.

그리고 천서영은 외동딸이었다.

즉, 이 말은 운만 따라준다면 천서영과 결혼하는 순간 충분히 천산그룹을 손에 쥘 수 있는 위치가 된다는 뜻이기도 했다.

한때 천서영의 약혼자였던 박태평이 그렇게 매달린 것도 그녀의 미모도 미모지만, 결과적으로 천산그룹을 손에 거머 쥘 가능성이 높다는 이유가 더 컸기에 그렇게 매달렸던 것이 다.

천서영이라는 여자의 존재보다, 그녀가 지니고 있는 천산 그룹의 회장 친손녀라는 배경이 더욱 사람들의 시선을 모으 는 것이 바로 그녀의 운명이었다.

어쩌면 그래서 더욱 재중에게 관심을 보이고 사랑을 느끼 는 것일지도 몰랐다.

천산그룹의 손녀, 운만 따라주면 천산그룹을 손에 쥘 수 있 는 서열을 가진 여자라는 것에 전혀 상관없이 오직 천서영 그 녀의 본모습만 보고 좋다, 싫다를 분명히 말하는 남자는 재중 이 처음이었으니 말이다.

물론 캐롤라인이라는 연적의 등장이 더더욱 천서영의 사 랑을 부채질하는 것도 있었다.

"…재중 씨……?"

"네?"

"혹시… 제가 아버지에게 말해서 재중 씨를 S대에 합격시 키면… 어떻게 하실 거예요?"

재중이 S대에 합격만 한다면 최소 4년간은 같은 대학을 다 니게 된다.

거기다 특채라는 것은 수능 만점과는 별개로 100% 학교에서 자체 판단해서 자신들에게 필요한 인재를 우선적으로 선점하는 의미가 컸다.

즉 수능을 아무리 만점 받아도 학교에서 뽑지 않으면 특채 입학은 하고 싶어도 못하는 것이다.

그녀에게는 너무나 놓치고 싶지 않은 기회라, 재중의 눈치를 보면서도 어떻게든 재중을 합격시키고 싶은 마음에 조심스럽게 물었다.

"음… 그래도 문제없나요?"

"네? 네, 특… 특채로 입학하는 학생이 매년 있거든요. 법적으로도 전~ 혀 문제없어요."

재중이 화를 내면서 큰소리를 칠 거라고 예상했던 천서영은 오히려 긍정적인 반응을 보이는 재중의 모습에 자기가 놀라서 순간 말까지 더듬어 버렸다.

"그래요? 특채 입학이 매년 있는 거라… 그럼 모든 대학에 특채 입학이 있다는 거네요?"

"네, 저희 S대에만 특채 합격이 있는 게 아니에요. 모든 대학은 기본적으로 특기생을 뽑아요. 다만 저희는 성격보다 한 가지라도 평범한 사람을 넘어서는 능력이 있어야 한다는 조건이 있지만 재중 씨라면 충분할 거예요."

"제가요?"

사실 재중은 초, 중, 고등학교 과정을 모두 검정고시로 패스한 상태였다.

운동은커녕 무슨 대회를 나간 적도 없고 말이다.

그런데 천서영이 뭘 믿고 저렇게 자신하는 건지 영문을 알수가 없어 재중이 물은 것이다.

"재중 씨가 할 수 있는 외국어는 몇 개나 돼요?"

천서영이 뜬금없이 외국어 능력을 묻자 재중은 생각할 것도 없이 대답했다.

"지구에 존재하는 모든 언어는 회화가 가능해요."

"…네? 방… 금 뭐라고 하셨어요?"

순간 자신이 잘못 들은 건 줄 알고 다시 물은 천서영이었다.

"세상에서 배울 수 있는 언어는 모두 회화가 가능해요. 물론 읽고, 쓰는 것까지도요."

"…헐……."

보통 4~5개 국어만 해도 천재라고 한다.

그런데 재중은 천서영이 그를 따라 미국과 브라질에서 직접 확인한 것만으로도 벌써 영어와 스페인어 2가지를 할 줄 알았다.

그것도 머더텅(Mother tongue) 수준으로 현지인들조차 놀랄 만큼 완벽하게 말이다.

"그… 그럼 면접 때 S대에 있는 외국 교수님들과 프리토킹을 해도 되나요? 모든 교수님과요."

재중의 성격을 잘 아는 천서영은 그가 절대 거짓말을 하지 않는다는 것도 알고 있다.

그래서 조심스레 면접에 대해서 물었다.

"뭐, 편할 대로 하세요. 법적으로 문제가 없다면 특채 입학하게 해주세요."

"네? 아… 네 아버지에게 말할게요."

천서영은 재중이 외국어를 다 한다는 말에 잠시 이걸 믿어야 할지 말아야 할지 머리가 혼란스러웠다. 결국 그녀는 뜻하지 않게 얼떨결에 일어서서 자기 발로 나가 버렸다.

"아차!"

천서영은 재중의 집을 나와 한참을 걸은 후에야 뒤늦게 정신을 차렸지만 이미 한 번 나와 버린 상황이라 다시 들어갈 핑계가 없었다.

결국 그녀는 눈물을 삼키면서 이번에는 그냥 돌아가기로 했다.

다음에는 특채 입학이 허락되었다는 소식을 가지고 올 것이니 말이다.

한편 천서영이 나가자 자리에 남아 있던 재중은 테라를 향해 질문을 던졌다.

"테라, 서영 씨 말이 사실이야?"

대학은 그저 연아가 시집갈 때 얕보이지 않기 위한, 구색 갖추기 식으로 다니려 했던 재중이었다.

―네, 사실이에요. 그리고 특채 입학은 다른 나라의 대학들도 모두 하고 있는 제도예요, 마스터.

"그래?"

―마스터도 하버드대라고 아시죠?

"하버드? 응, 알지. 유명하잖아."

아무리 세상과 담을 쌓고 사는 재중이지만 대학가에서 카페를 하다 보니 자연스럽게 알게 되는 정보도 제법 많았다.

그중에서도 세계 유명 대학들은 거의 단골 주제였다.

―그 하버드에서도 매년 재학생의 20% 정도를 운동 특기생으로 받아들여요.

"그래?"

―공부 잘하는 녀석들끼리 모인 하버드에서도 당연히 실력의 차이가 날 거고 그러다 보면 밑으로 떨어지는 녀석이 있을 거 아니에요. 그런데 공부만 하는 녀석들이 모인 곳이면 당연히 그동안 자신의 실력에 자만했다가 좌절하고 자살하거나 비관하는 학생이 생기지 않겠어요?

"그렇겠지."

―그런데 아무리 공부 실력에 차이가 나서 밑으로 떨어져

도 20%의 운동 특기생들이 마지막 밑바닥에 버티고 있는 한 다시 일어설 마음이 생기게 되기 때문에 그렇게 특채 입학 모집한다고 해요. 실제로 하버드에서 너무 많은 자살자가 나와서 생각한 방법이구요.

"훗… 자만심의 대가가 자살이라… 후후훗……."

길바닥에서 쓰레기를 뒤지던 자신의 어린 시절을 생각하면 비관 자살 따위는 정말 배부른 투정일 뿐이었다.

공부?

그게 뭐란 말인가?

당장 오늘 굶주린 배를 채울 빵 한 조각이 절실한데 말이다.

그런 삶을 살아본 재중에게 하버드의 비관 자살 이야기는 투정에 불과했다.

자살의 선택은 본인이지만, 그 뒤의 슬픔이 남겨진 자들의 몫이라는 것조차 모르는 철부지 어린애의 투정 말이다.

―그런데 정말 특채 입학 하실 거예요, 마스터?

"응."

―…….

테라마저 재중의 반응이 의외였기에 놀란 듯 쳐다보았다.

"굳이 해주겠다는데 거절할 필요는 없지. 안 그래?"

―뭐… 그렇긴 한데, 마스터 조금 변하신 것 같아요.

"내가?"

―대륙에 있을 때는 청탁이나 그런 것을 질색하셨잖아요.

대륙에 있을 때 재중은 귀족들의 청탁이나 부탁을 일언지하에 거절했었다.

만약 끈질기게 계속 조르거나 그러면 재중이 나서서 그 귀족의 성을 부숴 버리기까지 할 정도였다.

그래서 테라는 당연히 재중이 그런 것을 싫어한다고 생각했던 것이다.

하지만 그건 테라의 오해였다.

재중은 찌질하게 무조건 해달라고 하는 귀족의 행동과 사고방식이 싫었던 것뿐이었다.

그래서 천서영이 해준다고 했던 특채 입학 같은 것은 오히려 고민 없이 받아들였다.

어차피 들어갈 S대가 아니었던가?

아니, 굳이 S대가 아니라도 집에서 가까운 대학이면 상관이 없었던 재중이다.

어차피 들어갈 대학, 조금 편하게 가는 것뿐이기에 당연하게 받아들였던 것이다.

편한 길이 있는데 굳이 돌아서 갈 필요가 없으니 말이다.

하지만 재중이 생각하지 못한 것이, 모르긴 몰라도 만약 재중이 특채 입학을 한다는 말을 듣는다면 연아부터도 그걸 허락한 재중의 생각에 크게 놀라리란 것이다.

평소 냉정하고 무뚝뚝한 사람이라는 인식이 뇌리 깊이 박혀 있었으니 말이다.

뭐, 물론 이번 특채 입학으로 약간은 융통성이 있다는 것을 알게 되긴 하겠지만 기존의 이미지가 쉽게 벗겨지는 것은 아니었다.

Chapter 04
천재 입학

재중귀환록

"선우재중 씨?"

"네."

천서영의 말대로 정말 재중은 순식간에 S대 특채 입학 허가가 떨어져 버렸다.

물론 면접을 통과해야지만 완전히 입학 허락이 떨어지는 것이긴 하지만 말이다.

그런데 재중의 특채 입학 건으로 S대에서는 때 아닌 교수들의 설전이 벌어진 상태였다.

"말도 안 됩니다. 초, 중, 고등 교육을 모두 검정고시로 패스한 사람이 20개국의 언어를 말할 수 있다니요."

"저도 못 믿겠습니다……."

"음… 그건 저도 마찬가지군요."

S대에 있는 외국어 현지인 교수들이 서로 의논해 봤지만 이사장이 입학시키기로 한 선우재중의 특채 이유가 너무나 터무니없었다.

결국 이례적이지만 재중의 면접장에 외국어 교수들이 모두 모일 수밖에 없었다.

한 사람이 4~5개 국어만 해도 사실 대단한 천재라고들 한다.

그런데 20개국의 언어로 회화가 가능하다니 이건 천재의 수준을 넘어선 것이다.

거기다 재중이 외국에서 살았느냐?

기록을 보면 그것도 아니었다.

나이 서른이 넘어서 검정고시로 교육과정을 모두 패스하고 수능을 봤다.

물론 수능 만점이라는 기록이 있긴 했지만, 수능과 외국어 능력은 별개라고 생각하는 것이 상식적이기에 그런 것이다.

특히 암기하는 것이 교육의 대부분인 한국에서 회화 능력은 사실상 단연 돋보일 수밖에 없기도 했다.

그렇기에 지금 재중이 면접을 보기 위해 들어온 면접장에

총20명의 외국인이 앉아 있는 것이다.

이사장의 말을 못 믿는 것은 아니지만, 아무리 그래도 적정한 선이 있는 법이다.

그리고 궁금하면 직접 면접 때 시험을 해봐도 된다는 허락도 있었기에 교수들은 자신의 눈과 귀로 사실을 확인하려 인근 대학의 외국어 현지인 교수와 강사들까지 모두 불러들였다.

영어부터 시작해서 한국 내에서 가르치는 모든 외국어를 시험해 볼 생각이었다.

방법은 간단했다.

그저 5분간 한 명씩 차례대로 재중에게 질문을 하고 대답을 듣는 형식의 프리토킹이었다.

하지만 그 프리토킹을 통해 발음, 악센트, 억양부터 모든 것을 현지인이 직접 관찰한다는 것이 핵심이었다.

물론 면접관의 대부분이 교수와 강사다 보니 어려운 단어도 섞어서 질문을 시작했고, 그 결과 처음 재중의 이름을 부를 때 외에는 세계 각종 언어가 면접장을 가득 채우기 시작했다.

그런데 시간이 지날수록 교수진과 강사진들의 표정이 놀라움으로 채워졌다.

그리고 마침내,

"합격!"

"저도 합격입니다!"

"저도 합격!!"

5분씩 모두 20명의 현지인과 프리토킹을 끝낸 뒤 재중은 교수와 초빙 강사 전원 만장일치로 합격 판정을 받아버렸다.

거기다 S대에 있는 현지인 교수들로부터는 자신이 더 이상 가르칠 것이 없다면서 자신의 수업은 듣지 않아도 된다는 이례적인 조건까지 받으면서 말이다.

눈을 감고 들으면 마치 자기 고향 사람을 만난 듯한 느낌까지 받았다는 현지인 교수와 강사들이었다.

그들은 고개를 내저으면서 태어나서 지금까지 이렇게 완벽하게 다른 나라 말을 20가지나 하는 사람은 본 적이 없다면서 엄지손가락을 치켜든 것이다.

그런데 이게 참 아이러니한 것이, 재중은 외국어 특기로 인해 S대 입학을 했는데 너무 완벽한 외국어 실력에 외국어를 배우지 않아도 되는 상황이 되어버렸다.

얼떨결에 천서영이 재중의 능력을 과대 포장한다고 20개국 언어를 한다고 했었던 것이 해프닝을 불러일으키긴 했지만, 과연 그들은 알고 있을까?

재중의 언어능력은 이미 지구에서 학습으로 배울 수 있는 모든 언어를 다 할 수 있는 경지에 이르렀다는 것을 말이다.

"싱겁군… 그냥 이야기 주고받는 게 마지막 시험이라니."

재중의 입장에서는 너무나 쉬운 것이었다.

아니, 오히려 시간이 지날수록 지루하기까지 했다.

숨 쉬는 것만큼이나 자연스러운 것이 말하는 것인데 그걸 가지고 시험을 본다고 하니 말이다.

"오빠~"

"응? 넌 카페는 어쩌고 여기까지 왔어?"

면접시험을 끝내고 그 자리에서 합격 판정을 받은 재중이 S대를 입구에 다다랐을 때였다.

정문 기둥 옆에서 연아가 웃는 얼굴로 나타난 것이 아닌가?

연아 뒤에 천서영도 함께 말이다.

"헤헤헤헤. 오빠가 대학 면접시험 본다는데 궁금해서 와봤지. 그리고 카페는 뭐, 어차피 내가 없어도 희준 언니가 대부분 잘해주고 있어서 좋아."

"그래?"

전희준은 처음에 연아가 하던 일을 대부분 넘겨받은 상태였다.

그리고 직함도 매니저로 올라서 굳이 연아가 없어도 카페를 운영하는 데는 전혀 문제가 없는 것이다.

나름 승진했다고 할 수 있었다.

물론 천산그룹 정직원에 월급과 직급이 올랐으니 그녀의 입장에서는 재중을 만나 인생 역전에 성공한 것이나 다름없었다.

재중이야 그녀가 열심히 해서 그런 것이니 당연하다고 생각하겠지만, 전희준에게는 달랐다.

그녀에게 재중은 생명의 은인과도 같았다.

"오빠, 결과 나왔어? 며칠 걸린대? 합격이래?"

한꺼번에 질문을 쏟아내는 연아의 모습에 재중이 피식 웃으면서 대답했다.

"합격이라더라. 뭐, 별것 없이 이야기 주고받다가 끝내던데?"

"그래? 음… 뭐 면접이라는 게 다 그렇지. 대답은 잘했어?"

마치 누나처럼 시시콜콜 알아내려고 질문하는 모습에 재중이 연아의 머리에 손을 얹어 막 헝클어뜨렸다.

"아앗!! 오빠 왜 그래? 갑자기."

재중의 손길에 머리가 까치집이 되어버리자 연아가 투덜거리면서 자연스럽게 머리를 만졌다.

그런 그녀를 보고 재중이 말했다.

"너보다 내가 오빠다. 그러니 걱정하지 말고 넌 좋은 남자 잡아서 시집이나 가. 이제 나한테 넌 노처녀 짐이니까 말이야."

"쳇! 꼭 할 말 없으면 그런 말 하더라."

천서영은 재중과 연아의 모습을 보면서 자신도 모르게 입가에 미소가 그려졌다.

다른 사람들에게는 한없이 냉정하지만, 유일하게 연아와 함께 있을 때만큼은 재중도 여느 남매의 오빠와 다를 바 없는 모습이었다.

"축하해요, 재중 씨."

"네."

역시나 천서영의 축하 인사에 형식적으로 대답만 해버리는 재중이었다.

뭐, 그녀도 이미 재중이 저런 대답을 할 것이라는 것을 알고 있었기에 별 상관 없었지만, 옆에 상관 있는 사람이 있긴 했다.

"오빠~"

"응?"

"여러 번 말했잖아, 여자에게는 상냥하게~ 따뜻하게~ 부드럽게~~ OK?"

틈만 나면 마치 강의하듯 잔소리하는 연아의 말에 재중이 피식 웃어버렸다.

"내 맘이다……."

"에휴… 도대체 무슨 자신감이야, 오빠는……?"

자신의 친오빠이긴 하지만 재중의 저런 자신감은 도무지 이해가 가지 않았다.

물론 평생 카페에 원두를 공급한다고 했으니 돈벌이는 쏠쏠하게 잘하는 편이겠다.

예전 카페를 3층짜리 목조 주택으로 완전 뒤집어엎어서 새로 꾸몄으니 집도 있겠다.

거기다 이제 한국 내에서 알아준다는 S대까지 입학했으니 나름 따지고 보면 나쁜 편은 아니긴 했다.

하지만 아무리 연아가 좋게 봐주려고 해도 하나 걸리는 것이 있었으니, 바로 재중의 실제 나이였다.

"그래도 역시 노총각이야……. 내년이면 34살인데… 에휴… 이제 대학 신입생이라니… 나참……."

누가 보면 재중을 장가보내는 것이 마치 연아의 일생의 목표인 걸로 보일 지경이다.

하지만 그게 무슨 소용이란 말인가?

재중 본인이 생각이 전혀 없는데 말이다.

"그보다 배고프지 않아? 밥 먹어야지."

재중은 연아가 계속 잔소리할 것 같기도 해서 화제를 돌리려고 한마디 했다.

그러자 어쩐 일인지 연아가 한발 물러서는 것이다.

"아니, 난 이제 다시 카페 가봐야 해. 잠깐 오빠 얼굴만 보려고 온 거니까. 그보다 서영 씨가 오빠한테 볼일이 있다고 해서 겸사겸사 같이 왔을 뿐이야."

"나한테?"

재중은 지금까지 조용하던 천서영이 자신에게 볼일이 있다는 말에 고개를 돌려 그녀를 쳐다봤다.

"재중 씨에게 손님이 왔어요."

"손님?"

자신에게 올 손님이라고 해도 딱히 떠오르는 사람이 없어 고개를 갸웃거렸다.

"아무튼 오빠는 서영 씨와 밥을 먹어~ 난 바빠서 이만 가볼게."

그리고 연아는 빠른 걸음으로 가버렸다.

"아무튼… 성격하고는."

연아가 왜 저렇게 빨리 사라졌는지 뻔히 알고 있기에 재중은 피식 웃었다.

저렇게 노력을 하는 게 안쓰럽긴 하지만 아직 연아의 바람대로 움직여 줄 마음이 없었으니 말이다.

뭐, 그냥 저렇게 혼자 용쓰는 연아의 모습이 나름 귀엽기도 했다.

"그보다 제게 손님이라니 누구죠?"

재중은 연아도 가버렸으니 볼일을 봐야겠다는 생각에 천
서영에게 물었다.

"신승주 씨가 왔어요."

"한국까지 올 정도면 많이 좋아졌나 보군요."

"네, 완전히 정상인으로 돌아왔던데요. 그보다 할아버지와
함께 있는데 같이 좀 가주셨으면 해서요."

"그러죠."

어차피 특채 입학에 도움도 받은 입장이다.

천서영의 아버지를 만날 일은 없으니 우선 천 회장에게라
도 인사하는 게 도리인 것 같아서 전화라도 한 번 하려던 차
였다.

그래서 재중도 별 반발 없이 흔쾌히 승낙했다.

"오랜만입니다, 재중 씨."

재중이 천산그룹 회장실에 들어가자 기다렸다는 듯 벌떡
일어나 함박웃음을 지으며 다가오는 사람이 있었다.

바로 신승주였다.

재중은 다가온 신승주가 내민 손을 마주 잡았다.

"아프기 전보다 더 건강해졌군요."

잠깐의 악수지만 그 순간 재중의 몸에서 나노 오리하르콘
이 나와 신승주의 몸 안으로 침투했다.

그리고는 순식간에 신승주의 몸 구석구석을 살피고 검사해 본 결과, 몸이 아주 건강하다는 것을 확인할 수 있었다.

"덕분에요. 오히려 아프고 나서 운동을 거르지 말아야겠다는 생각에 꾸준히 운동을 했더니 지금처럼 좋아졌네요."

그렇게 오랜만인 신승주와의 만남을 뒤로하고 소파에 앉자 천 회장이 물끄러미 재중을 쳐다보기 시작했다.

"......?"

재중이 왜 자신을 그렇게 보느냐는 듯 눈빛을 하자 천 회장이 입을 열었다.

"의외였네."

"의외라니요?"

뜬금없이 의외라는 말을 하는 천 회장을 향해 여전히 고개를 갸웃거리는 재중이었다.

"자네가 특채 입학을 허락했다는 것이 너무 의외였거든."

"그런가요?"

재중은 도대체 왜 주변의 사람들이 자신에게 저런 반응을 보이는지 전혀 이해하지 못하고 있었다.

본래 자기 성격은 자기 자신이 잘 알 수도 있지만, 반면 그렇기에 더욱 모를 수도 있는 법이다.

그냥 자기 기분 내키는 대로 자신이 하고 싶은 대로 하며 살아온 재중이었다.

하지만 지금까지 그 모습이 남들에게는 묘하게 고지식한 듯 비춰졌던 것이다.

그래서 천 회장도 재중이 천서영이 특채 입학을 말했을 때 흔쾌히 허락했다는 말에 많이 놀랐다.

"자네는 그런 것은 싫어할 줄 알았네만."

"음… 어차피 들어갈 대학 조금 빠르고 편하게 들어갈 방법이 있는데 굳이 힘들게 돌아서 갈 필요가 없을 뿐이니까요."

천 회장은 재중의 말에 고개를 끄덕일 수밖에 없었다.

아니, 재중이 특채 입학을 싫다고 했어도 이미 S대에 입학할 생각이라는 것을 들은 이상 어떻게든지 방법을 썼을 테지만 말이다.

"하긴 그렇긴 하지. 그보다 자네… 혹시 엔터테인먼트사업을 하려고 하나?"

천 회장은 쓸데없이 재중의 개인적인 일을 계속 파고들기보다는 얼른 기회가 왔을 때 이야기 주제를 바꿔 버렸다.

재중처럼 독특한 성격의 사람은 깊게 파고들면 오히려 싫어한다는 것쯤은 이미 알고 있으니 말이다.

"엔터테인먼트라면… 연예기획사 말입니까?"

"그렇네."

재중은 테라에게 지시한 것이 며칠 되지 않았는데 벌써 천 회장이 알고 있다는 것에 조금 눈빛이 변했다.

"오해는 말게. 요전 날 천산그룹이 관리하는 SY미디어에 1,500억 줄 테니 기획사를 팔 생각이 없냐는 연락이 와서 알아보니 자네 이름이 나와서 그러네."

"……."

순간 재중의 뇌리에 떠오르는 녀석은 오직 테라 하나였다.

국내에서 그나마 최고는 아니지만 나름 인지도 있는 기획사가 바로 SY미디어였다.

그런데 사실 이곳은 천지그룹의 계열사나 마찬가지였다.

본래는 회사 이미지와 대외적으로 알려질 광고부터 여러 가지를 모두 통합해서 관리하려고 만든 것이 천지기획이라는 이름의 기획사였다.

하지만 우연히 광고 촬영을 위해 고용했던 연습생이 광고로 인기몰이를 하면서 여배우로 데뷔, 대박을 치면서 그냥 SY미디어로 이름까지 바꿔서 연예기획사로 탈바꿈한 것이다.

현재 가수 쪽도 연습생이 10명 정도 있는 상태로 이름만 대면 알 만한 수준의 기획사는 아니지만 그래도 소속 여배우 이름을 대면 다 알 만큼 유명하긴 했다.

그런데 천산그룹의 계열사나 마찬가지인 SY미디어에 어느 날 1,500억 줄 테니 팔 생각이 없냐는 제의를 했다면 누구라도 장난으로 생각했을 것이다.

하지만 그게 국내가 아닌 외국, 그것도 남미에서라면 누구나 이름만 대면 알아주는 그룹에서 제의가 왔다면 상황이 달라질 수밖에 없었다.

"천산그룹에서 연예기획사까지 하는 줄은 몰랐습니다……."

재중은 테라가 무작위로 국내 연예기획사를 들쑤시고 다녔다는 것을 대충 짐작하고는 말했다.

"뭐, 원래는 이 녀석을 주려고 만든 것이지만, 영… 소질이 없는 것 같아서 말야."

천 회장이 천서영을 바라보자 그녀는 혹시나 지금이라도 자신에게 SY미디어를 맡길지도 모른다는 생각에 고개를 강하게 흔들었다.

"보게, 지금도 질색을 하지 않는가……. 그런데 갑자기 연예기획사는 왜 구하려고 하는 겐가?"

사실 시우바 그룹에서 제의가 왔다는 말을 들었을 때 천 회장은 직접 자신이 전화를 걸어 시우바 회장과 통화를 했었다.

왜 갑자기 국내 연예기획사를 매입하려고 하는지 말이다.

혹시나 국내 커피 관련 사업에 진출하려고 하는 것은 아닌지 궁금하기도 해서 물어봤는데, 뜻밖에도 시우바 회장은 전혀 관련이 없었던 것이다.

재중이 원해서 자신이 대리로 알아봐 주고 있을 뿐, 아직 한국에 진출할 계획은 없다는 말에 당연히 천 회장은 궁금증이 커질 수밖에 없었다.

재중의 성격상 연예인을 하겠다고 할 리는 없다고 확신했으니 말이다.

물론 재중에게 1,500억이라는 엄청난 돈이 어디서 났는지도 궁금했다.

시우바 그룹에서 움직였기에 어느 정도 그쪽에서 자금을 지원하는 걸로 예상만 하고 있을 뿐, 굳이 묻지는 않았지만 말이다.

"알아보니 가수를 하려면 기획사가 있어야 한다고 하더군요."

"그야 그렇지. 기획사 없는 가수는 사실상 불가능하니까."

천 회장도 그걸 알기에 처음에 천지기획을 만들었으니 재중의 말에 자연스럽게 고개를 끄덕였다.

광고할 때마다 외주를 주는 것보다는 사내 영상 등 여러 가지 용도로 사용하려고 처음 천지기획, 아니, SY미디어를 만들었었다.

전문 광고는 당연히 전문 광고업체에 맡기지만 천지그룹 내에서 사용할 목적의 소소한 것은 스스로 해보자는 생각에 시작한 것이었다.

"그래서 사려고 합니다. 원치 않는 빚이지만 제가 마무리를 지어야 하니까요."

"…원치 않는 빚……?"

천 회장은 재중의 말을 처음에는 바로 알아듣지 못했었다.

그런데 곧 재중과 관련해서 한 인물이 떠오르면서 뭔가 이해가 가기 시작했다.

"사라진 정태만 때문인가?"

천 회장은 재중이 정태만을 싫어한다는 것을 알기에 일부러 삼촌이라는 말을 빼고 이름만 불렀다.

그에 재중은 말없이 입가에 미소만 지었다.

대답은 없지만 긍정의 표시나 마찬가지였다.

"역시……. 그 사람이 기획사를 운영한다고 했었지… 혹시?"

천 회장이 알아본 정태만의 기록 중에는 부동산 재벌이라는 것도 있지만 기획사를 운영 중이라는 것도 있었다.

물론 작은 기획사라는 간판만 달았을 뿐, 뭔가 꺼림칙한 소문도 제법 들렸다는 것을 알기에 혹시나 하고 물어봤다.

씨익~

여전히 대답 없이 웃기만 하는 재중이었다.

"차라리 이제 사라진 정태만의 기획사를 가지지 않고?"

아무리 싫어하더라도 이미 실종돼서 죽었는지 살았는지도

모르는 정태만이다.

그의 남겨진 재산 중에 기획사도 있다는 것이 이제 밝혀졌으니 차라리 그걸 인수해서 하는 것이 돈이 덜 들지 않겠냐는 뜻이었다.

천 회장의 말을 이해한 재중이 간단히 대답했다.

"오래 걸리니까요."

"……."

반박할 수 없는 대답이었다.

연예계 데뷔는커녕 연습생만 가지고 있는 이름 모를 기획사를 가지고 뭘 한단 말인가?

거기다 성 접대를 한다는 소문에, 연습생이 수시로 가출해서 사라진다는 소문 아닌 소문도 돌고 있는데 말이다.

거기다 연예기획사라는 게 사실 그냥 기획사만 있다고 되는 게 아니었다.

보기에는 돈으로 굴러가는 것 같지만, 사실 100% 인맥으로 돌아가는 게 바로 연예기획사인 것이다.

돈은 그 뒤에 사용하는 수단일 뿐, 얼마나 연예계에 발이 넓고 인맥이 많으냐에 따라 성공인지 실패인지 극명하게 갈리는 사업이었다.

한마디로 잘되면 대박, 실패하면 빚더미에 앉거나 가진 것을 모두 잃는 것, 그게 바로 연예 사업이었다.

"그럼 혹시 원한다면 내가 힘을 써서 자네가 가수로 만들고 싶어 하는 사람을 SY미디어에서 데뷔하도록 해주겠네. 어떤가?"

사실 상식적으로 지금 천 회장의 제의가 가장 합리적이었다.

그리고 무엇보다 천 회장은 재중이 시우바 그룹의 도움을 많이 받는 것이 싫었다.

그래서 이례적이지만 자신이 힘을 써서라도 재중이 시우바 그룹에서 1,500억이라는 돈을 도움받는 것을 막아볼까 하는 생각에 한 말이었다.

"제가 갚아야 하는 빚입니다……."

하지만 재중은 단칼에 거절해 버렸다.

재중의 거절에 천 회장은 자신의 도움은 거절하고 시우바 그룹의 1,500억 원이라는 돈은 받는 게 왠지 서운해서 다시 물었다.

"그래도 시우바 그룹에서 1,500억 원이라는 돈을 지원받는 것보다는 내 도움이 편하지 않은가? 적은 돈이 아닌데 말야."

천 회장이 슬쩍 서운하다는 듯 말하자 재중이 아무렇지도 않게 대답했다.

"어느 누구의 도움도 받지 않습니다. 그리고 1,500억은 제 돈입니다."

"……."

천 회장은 순간 재중의 말에 설마 농담하는 거 아니냐는 표정으로 쳐다봤지만, 재중의 얼굴은 변화가 없었다.

"농담이 아니군그래……."

천 회장은 재중의 말에 신음을 흘렸다.

도대체 무슨 수로 그 단기간에 1,500억 원을 모았는지 이해하지 못하겠다는 표정이었다.

물론 재중에게 직접 물어보고 싶은 마음은 있지만, 왠지 그걸 물어봐도 재중은 그저 웃을 뿐 대답해 주지 않을 것이라는 생각이 들었다.

결국 천 회장은 그냥 묻기를 포기해 버렸다.

하지만 그렇게 포기한다고 해서 그냥 물러설 천 회장도 아니었다.

"그럼, 내가 SY미디어를 자네에게 판다면 어떻게 하겠나?"

"할아버지?"

천서영은 갑자기 그룹에서 운영 잘하고 있는 SY미디어를 재중에게 판다고 하자 놀랄 수밖에 없었다.

거기다 천서영이 알기로 SY미디어의 총자산은 700억 정도였다.

이 700억 원 모두 100% 천산그룹에서 나온 자금으로, 천산그룹에서 운영한다는 메리트를 뺀다면 사실 SY미디어의 가치는 아마 500억 원에도 못 미치는 수준일 것이다.

그런데 그걸 갑자기 재중에게 판다고 하자 놀란 것이다.

"……."

반면 재중은 천 회장의 말에 잠시 생각하는 중이었다.

'테라가 연락을 했다는 것은 충분히 그 정도의 가치가 있다는 거겠지?'

재중의 기준은 오로지 테라가 SY미디어를 사려고 했다는 것에 집중되어 있었다.

테라의 눈에 들었다면 충분히 유서린을 가수로 데뷔 시키고 가수 인생을 살아가게 할 만한 능력이 있는 기획사라는 생각이 들었다.

물론 재중은 연예기획사에 전혀 관여하지 않을 생각이었다.

어차피 알지도 못하고, 가봐야 아는 것도 없는데 가서 이래라 저래라 말해봐야 당연히 싫어할 테니 말이다.

계급이 깡패라는 말도 있지만, 최소한 어느 정도 아는 게 있어야 그 깡패 짓도 할 수 있는 것이다.

재중처럼 아예 아무것도 모르면 그것도 실례일 수밖에 없었다.

"얼마에 파시겠습니까?"

재중은 테라의 눈에 들었다는 것, 오직 그것 하나만 보고 천 회장의 제의를 덥석 물었다.

그런데 흥정이 조금 이상하게 흘러가기 시작했다.

보통은 사고 싶은 사람이 가격을 제시하고 조정을 하는 것이 일반적인데, 재중은 그런 것도 없이 그냥 얼마냐고 묻는다.

마치 얼마를 부르든 상관없다는 듯 말이다.

"자네는… 연예 관련 사업에 대해서 뜻이 없구만그래."

천 회장도 재중의 방금 반응 하나만 보고서 단번에 알아차렸다.

재중이 순수하게 정태만이 남긴 빚이라는 것 때문에 1,500억이라는 엄청난 돈을 쓰려고 한다는 것을 말이다.

"아는 것도 없는데 뛰어드는 건 바보나 하는 짓이죠."

"하긴… 후후훗……. 그럼 이렇게 하지. 지금 SY엔터테인먼트에 있는 모든 직원과 연습생, 그리고 지금까지 하던 모든 것을 그대로 자네가 품어주게. 그리고 지금까지 SY미디어에서 하던 천산그룹 관련 일도 그대로 계속하고 말야."

"저야 좋습니다."

오히려 재중이 바라는 것이었다.

사람을 바꿀 이유기 없으니 말이다.

아니, 오히려 재중이 SY미디어를 산다고 사람들이 나가면 곤란한 건 이쪽이었다.

다 품에 안아달라는 건 오히려 재중이 부탁하고 싶은 말이기도 했다.

"그럼 현재 천산그룹에서 가지고 있는 SY미디어 주식을 100% 자네에게 다 팔지. 물론 시세는 현재 시세로 말이야."

재중의 성격상 너무 과한 친절이나 베푸는 것을 싫어한다는 알기에 적당히 타협하는 듯하면서 도움을 주는 방법을 빠르게 찾아내어 제시한 천 회장이었다.

그쪽에서 알아서 준다는데 굳이 거부할 이유가 없는 재중이었기에 거래는 순식간이었다.

"천산그룹으로 720억 송금 부탁드립니다."

재중의 자산을 관리하는 사람들에게 전화 한 통화를 마치자 순식간에 깔끔하게 거래가 끝나 버렸다.

그것도 불과 몇 분 만에 SY미디어의 주인이 천산그룹에서 재중으로 말이다.

"그럼 저도 도움이 되겠군요."

그동안 조용히 지켜보고만 있던 신승주의 말에 재중이 고개를 돌렸다.

"재중 씨가 가수로 데뷔시킬 사람의 노래를 제가 만들어드리고 싶은데요."

재중에게 자신의 건강한 모습을 보여주고 혹시라도 도움이 되는 것이라도 있다면 금전적으로든 뭐든 도와줄 생각으로 한국까지 날아왔던 신승주였다.

그는 기회를 잡았다는 듯 바로 노래를 만들어주기로 했다.

그것도 무료로 말이다.

물론 재중이 절대로 그건 안 된다고 해서 실랑이가 오가기 시작했지만, 의외로 천서영이 나서서 해결이 나버렸다.

"그럼 이렇게 하는 게 어때요? 인센티브 식으로 신승주 씨가 만든 노래가 돈을 벌 때마다 일정한 퍼센트를 대금으로 지불하는 거예요."

"일정 퍼센트를?"

국내에서는 아직 흔하지는 않은 방법이긴 하지만 외국에서는 의외로 흔히들 하는 방법이었다.

성공할지 실패할지 모르는 도박성이 강한 것이 바로 연예계였다.

그중에서도 작곡가와 작사가들은 자신이 만든 노래 하나가 뜨면 일생이 편해지고, 실패하면 그 바닥에서 믿음을 잃어버리는 정말 냉혹한 세계인 것이다.

그러다 생겨난 것이 바로 능력제 인센티브 방식이었다.

방법은 간단했다.

노래를 돈을 주고 사는 것이 아니라, 노래를 우선 공짜로 받는 것이다.

그리고 가수가 노래를 불러 히트하면 기획사도 좋고 노래를 만든 사람도 돈을 많이 벌지만, 실패하면 기획사에서는 바로 노래를 접고 다른 활동을 해버리고, 노래를 만든 사람에게는 땡전 한 푼도 돌아가지 않는 거래였다.

말로는 능력제 인센티브라고 하지만, 사실은 팔리면 돈 주고, 아니면 안 준다는 식의 기획사가 유리한 거래였다.

물론 초짜 작곡가라면 말이다.

하지만 그런데 신승주는 좀 예외다.

이미 신승주가 만든 노래라는 것 하나만으로도 수많은 가수와 외국의 기획사들이 백지수표를 내밀 정도로 그는 이미 세계적으로 알아주는 작곡가였다.

문제는 그런 작곡가인 신승주가 돈을 한사코 받지 않으려고 고집을 부리는 바람에 신참 작곡가들이나 할 법한 계약을 하게 되었지만.

물론 신승주는 그것도 돈을 받는다는 생각에 절대로 안 하려고 했다. 하지만 재중이 공짜로 노래를 사는 것은 안 된다면서, 돈을 안 받으면 신승주의 노래를 받지 않겠다고 강수를 두자 어쩔 수 없이 승낙할 수밖에 없었다.

세계적인 천재 작곡가인 신승주가 자신의 노래를 제발 받아달라고 애원하는 웃지 못할 상황이 벌어지긴 했지만, 결국은 신승주가 노래를 쓰고 작사도 해주기로 했다.

이러다 보니 가수, 기획사, 그리고 노래까지 모든 준비가 끝나 버렸다.

불과 잠깐 사이에 말이다.

"후후후훗… 그럼 서영아, 네가 재중 군과 승주 군을 데리고 SY로 가거라. 주인이 바뀌었는데 최소한 얼굴은 비춰야 하지 않겠니?"

연예계 같은 경우 소문에 민감한 곳이다 보니 행동이 빨라야만 했다. 그래서 지체할 것 없이 바로 움직이도록 한 것이다.

그동안 SY미디어의 주식을 100% 천산그룹에서 보유했기에 뒷배경의 힘으로 연예계에서 비교적 괜찮은 위치를 쉽게 차지하고 있었다.

하지만 어디서 듣도 보도 못한 재중이 통째로 회사를 사버렸다면 당연히 소문이 이상하게 퍼질 위험이 있었다.

물론 완전히 막지는 못하겠지만, 어느 정도 기획사에서도 미리 대비를 해야만 피해를 최소한으로 줄일 수 있기에 서둘러 보낸 것이다.

거기다 천산그룹 자제인 천서영이 동행한다면 여전히 천산그룹과 우호적인 관계를 갖고 있음을 보여줄 수도 있을 터였다

Chapter 05
SY미디어

"그럼… 이분이 새로운 대표님이십니까?"

SY미디어는 다른 기획사와 달리 천산그룹 밑에 있다 보니 지금까지 대표가 없었다.

물론 직함은 있었지만 실제로 그런 사람이 존재하진 않았다.

대신 여태까지 실질적으로 SY미디어를 움직인 것은 지금 당황한 표정으로 재중을 맞이한 이태형 이사였다.

SY미디어는 사실상 천산그룹 계열사로, 이태형 역시 천산그룹 산하에서 실질적으로 해택을 다 받으면서 편하게 일해

왔었다.

그런데 오늘 느닷없이 날벼락이 떨어졌으니 이처럼 놀라는 것은 어쩌면 당연했다.

여태까지는 천산그룹의 지원을 받았기에 걱정 없이 일했었다.

그런데 어느 날 갑자기 처음 보는 젊은이가 나타나더니,

"SY미디어를 제가 샀습니다."

라고 말했으니 말이다.

한마디로 천산그룹과 관련이 없어져 버린 것이다.

"저기… 제가 지금 너무 갑작스러워서 그러는데, 설명을 좀 해주시겠습니까?"

이태형이 마른하늘에 날벼락도 이런 날벼락이 없다는 듯 얼굴에 핏기가 사라진 표정으로 다시 물어봤다.

그에 천서영이 천천히 설명을 시작했다.

그런데 천서영의 설명을 가만히 듣던 이태형의 눈빛이 뭔가 이상하게 바뀌기 시작했다.

그러더니 이태형의 시선이 재중과 천서영을 계속 번갈아 봤다.

"그러니까, 회장님께서 직접 이분, 아니, 이제는 저희 대표님에게 SY미디어의 주식 100%를 판매했다는 말씀이군요, 아가씨?"

천산그룹의 힘이 닿는 곳에서는 모두 천서영을 아가씨라고 불렀기에 이태형도 당연히 아가씨라고 불렀다.

그런데 지금의 상황에 어울리지 않게 이태형의 눈빛이 변한 것은 왜일까?

그것은 천서영이 설명을 하면서 보인 태도 때문이다.

뭐랄까, 천서영이 재중의 눈치를 본다고나 할까?

연예계만큼 눈치가 빨라야 하는 곳도 없다.

그리고 그런 특수한 환경 때문에 지금까지 수많은 사람과 여러 가지 상황을 경험한 이태형의 눈이었다.

그는 본능적으로 재중과 천서영의 관계가 그냥 SY미디어를 사고파는 사이라고 하기에는 뭔가 더 있다는 것을 느낀 것이다.

아니, 모든 것을 떠나 천산그룹의 손녀인 천서영이 누군가의 눈치를 본다?

이건 천산그룹의 내부 사정을 어느 정도 알고 있는 이태형의 상식으로는 도저히 납득할 수 없는 일이기도 했다.

오히려 남자가 천서영의 눈치를 보면서 조심스러워야 했다.

그녀의 배경인 천산그룹을 생각하면 말이다.

거기다 알 만한 사람은 다 알고 있듯 천서영은 천산그룹의 직계 외동딸이다.

즉, 그건 천서영과 결혼하면 천산그룹을 거머쥘 수 있는 위치에 오를 수도 있다는 뜻이기도 했다.

그럼에도 불구하고 천서영을 대하는 재중의 태도는 무덤덤하니 별 반응이 없었다.

더욱이 이태형의 눈에 재중은 20대 초반으로밖에 보이지 않았다.

도대체 어느 집안 자식이기에 천산그룹의 손녀가 눈치를 보는 건지 궁금하기까지 한 이태형이었다.

SY엔터테인먼트가 국내 최고는 아니지만 그래도 웬만한 기획사보다는 안정적이다.

720억이라는 돈이 결코 적은 돈이 아니다.

그런데 오늘 이야기 중에 계약이 끝났다는 것은 대금 지불이 끝났다는 말이다.

하지만 이태형은 끝까지 입을 다물었다.

연예계는 입이 가벼우면 3년을 버티고 입이 무거우면 30년을 버틴다는 말이 있었다.

그렇듯 이곳은 입 한 번 잘못 놀리면 어느 순간 길거리에 나앉는 신세가 될 수 있는 곳이다.

그러다 보니 이태형은 본능적으로 궁금함은 혼자만의 생각으로 접어버렸다.

대신 행동은 빨랐다.

"그럼 한번 둘러보시겠습니까?"

이태형은 곧바로 일어서서 재중을 안내하기 시작했다.

사무실 직원은 30명으로 적지도 많지도 않은 적당한 편이었다.

로드 매니저부터 치프 매니저까지 체계도 확실히 잡혀 있었다.

물론 직원들은 재중이 새로운 대표이사가 되었다는 말에 동요를 보이긴 했다.

하지만 이태형이 몇 마디 하자 곧바로 진정되는 모습을 보여주었다.

그리고 그 모습을 본 재중은,

'괜찮은 사람이군. 능력도 있고. 사람 다루는 데 익숙해.'

단 한 번이지만 첫인상에 재중에게 합격점을 받은 것이다.

이런 일에는 사람 다루는 것이 무엇보다 중요했는데, 처음에만 갑자기 새파란 젊은것이 대표이사로 와서 놀랐을 뿐 그 외는 의외로 눈치도 빠르고 동요하는 직원들을 다독이는 것까지 능수능란했다.

재중이 사장이 아니라 이태형이 사장이라고 해도 문제가 없어 보일 정도였다.

그만큼 그는 이미 SY미디어를 손에 쥐고 있었다.

물론 좋은 점은 재중처럼 아무것도 모르는 상태에서도 SY미디어가 잘 굴러간다는 것이다.

하지만 단점은 이태형의 마음에 따라 한순간에 무너질 수도 있다는 것이 조금 문제이긴 했다.

간단하게 말하자면 재중이 구입한 SY미디어는 이태형이라는 양날의 검을 가지고 있는 상황이었다.

그렇게 인사를 마치고 내려간 지하는 벽마다 거울이 가득한 연습실이었다.

"어머, 이사님?"

후다닥!

연습을 하다 쉬는 중이었는지 이태형이 들어오자 앉아 있다가 급하게 일어난 연습생들이 다가왔다. 모두 여자였다.

"인사드려라. 이번에 SY미디어 새로 취임한 대표님이시다."

"네? 아, 안녕하세요, 대표님."

"안녕하세요, 대표님."

내년 봄쯤에 데뷔할 계획으로 한창 연습에 몰두하고 있던 연습생들은 갑작스런 이태형의 말에 어리둥절한 표정을 지었다.

재중에게 인사는 했지만 무슨 상황인지 전혀 모르는 얼굴들이다.

그녀들 입장에서는 그게 당연했다.

어제만 해도 없던 SY미디어 대표라는 사람이 갑자기 나타났으니 말이다.

거기다 대표라는 사람이 뭔가 중후한 느낌의 나이든 사람도 아니었다.

얼핏 봐도 20대 초반 정도로 자신들과 비슷한 또래로 보였으니 더욱 그러했다.

"걸그룹인가요?"

재중은 딱히 간섭하지는 않을 생각이지만, 그래도 최소한 알 건 알아야 했기에 이태형에게 물었다.

"네, 대표님. 내년 봄에 데뷔할 계획입니다. 그런데 계획대로 해도 될지……?"

주인이 갑자기 바뀌었으니 당연히 계획을 이대로 밀고 나가도 되느냐고 물어본 것이다.

천산그룹의 그늘에 있을 때는 그냥 보고서를 올리고 승인이 떨어지면 이태형이 알아서 움직이면 되었다.

하지만 오늘부터는 그게 불가능했다.

재중이 주인이 되었으니 말이다.

아무리 진행하던 프로젝트라도 재중이 거절하면 순식간에 없던 일이 될 수밖에 없었다.

왜냐하면 재중이 대표이니 재중의 말이 곧 법이었다.

SY미디어 안에서만큼은 말이다.

사실 이태형이 처음으로 자신의 손으로 키우는 걸그룹이기에 나름 애정이 많이 들어간 프로젝트이기도 해서 언제 말해야 할지 기다리고 있다가 지금 말한 것이었다.

겉으로 20대 초반으로밖에 보이지 않는 재중이 실제 어떤 사람인지는 모르지만 최소한 지금 연습생들이 데뷔는 할 수 있기를 바라면서 말이다.

그런데 이태형의 질문에 재중보다 먼저 반응을 보인 것이 신승주였다.

"이태형 이사님, 혹시 데뷔할 그룹의 노래는 이미 나와 있습니까?"

"네? 그거야 이미 나와 있습니다."

신인 걸그룹일수록 처음이 중요했다.

가수가 컴백할 때도 최소 6개월에서 1년을 연습하는데 첫 데뷔를 두고 당연히 노래도 없이 연습할 리가 없다.

이태형은 당연히 고개를 끄덕였지만, 아직 신승주가 누군지는 모르고 있었다.

"그럼 노래를 들어볼 수 있을까요?"

이태형의 '도대체 당신은 누구냐?' 하는 눈빛을 받으면서도 신승주는 아랑곳없이 말했고, 재중에게서 별다른 제재가 없자 이태형은 별수 없이 눈앞의 걸그룹이 데뷔할 노래를 틀 수밖에 없었다.

재중과 관련이 있는 것은 확실했으니 말이다.

쿵짝~ 쿵짝~ 쿵짝~ 쿵짝~

느닷없는 상황이지만 모두 입을 다물고는 선 녹음이 끝난 노래를 듣기 시작했다.

연습생들은 눈치껏 지금 자신들이 중요한 상황에 있다는 것을 알았는지 조용했고, 재중과 천서영은 신승주가 누군지 잘 알기에 그냥 둔 것이다.

노래에 대해서만큼은 현재 이 자리에서 신승주보다 잘 아는 사람이 없으니 말이다.

거기다 재중은 어차피 신승주가 노래를 만들어주기로 했으니 알아서 하라는 식이다.

"음……."

그런데 노래가 끝난 뒤 신승주의 표정이 그다지 좋은 편이 아니었다.

"왜… 그러십니까?"

이태형은 아무래도 재중과 관련이 있어 보이는 신승주의 표정이 굳으면서 좋지 않자 신경이 쓰여 물었다.

"얼마에 노래를 사셨죠?"

대뜸 지금의 메인 곡을 얼마에 샀느냐고 물어보자 이태형이 자연스럽게 재중을 바라봤다.

아직 데뷔도 안 한 곡의 가격을 말해주는 것은 기획사 측에서는 비밀이었다.

"알려줘도 상관없습니다."

여전히 이해 못하겠다는 표정이지만 대표인 재중이 괜찮다고 하자 우선 대답은 했다.

"방금 들으신 메인타이틀은 4천만 원, 서브타이틀은 3천만 원입니다. 그리고 앨범에 들어갈 다른 노래는 각각 1천만 원씩 줬습니다."

"음……."

사실 이태형은 곡의 가격을 말하면서도 긴장하고 있었다.

첫 데뷔 그룹치고는 곡에 쓴 돈이 작지 않았기 때문이다.

평균 정규 앨범 하나에 10~12곡의 노래가 들어간다.

그런데 메인과 서브만 해도 벌써 7천만 원이었다.

앨범에 총12곡을 넣는다고 했을 때 곡당 평균 천만 원만 잡아도 벌써 1억이 된다.

즉, 앨범에 넣을 곡에만 1억 7천만 원이 들어간 셈이다.

사실 첫 데뷔하는 걸그룹치고는 앨범에 돈을 많이 쓰긴 했다.

성공할 확률보다 우선 신고식의 개념이 강한 데뷔 앨범 곡에만 벌써 그 정도로 썼으니 말이다.

이태형이 자신의 첫 걸그룹이기에 나름 야심차게 준비하고 정성을 쏟았다고 할 수 있지만, 문제는 천산그룹의 그늘에 있었기에 가능한 무리수였는데 아직 곡의 대금을 지불하지 않았다는 것이다.

즉, 지금 이태형이 말한 걸그룹 앨범에 들어갈 곡 비용 1억 7천만 원을 재중이 내야 하는 것이다.

"꿀꺽."

이태형은 어차피 속인다고 될 일이 아니기에 솔직하게 말하긴 했지만 마른침이 목구멍을 타고 넘어가는 것은 어쩔 수가 없었다.

"역시 가격이 싼 만큼 노래도 그다지……."

"네? 싸, 싸다니? 그게 무슨……?"

당연히 이태형은 왜 그렇게 비싸게 줬느냐고 타박할 것을 각오하고 있었는데 뜻밖에도 신승주의 입에서 나온 싸다는 말에 당황해 버렸다.

거기다 재중은 신승주의 말을 듣고는,

"많이 싸게 주고 산 건가요?"

오히려 한술 더 떠서 많이 싸게 줬느냐고 물어본다.

"네. 그냥 잠깐 한두 번 듣기에는 무난하지만 그게 전부인데요."

"……."

무려 한 곡에 4천만 원짜리 곡이다.

국내에서 히트곡만 쓴다는 작곡가를 구워삶아서 겨우 구입한 곡인데 그걸 싸구려로 취급한 것이다.

이태형은 자신이 모시게 된 재중이 과연 앞으로 SY미디어를 잘 꾸려 나갈 수 있을지 걱정이 되기 시작했다.

그런데 이태형의 걱정 따위는 아랑곳없는 신승주가 벌떡 일어서더니 옆에 피아노에 앉아 건반을 몇 번 눌러보고는 연주를 시작했다.

"허억!! 그건……?!"

이태형은 놀라서 눈이 튀어나올 뻔했다.

신승주가 방금 연주한 곡은 바로 방금 자신이 들려준 메인 타이틀곡이었다.

그런데 즉석에서 편곡을 했는지 곡의 느낌이 완전히 달라졌다.

그것도 아주 좋은 쪽으로!

이전에는 그냥 경쾌하기만 한 댄스곡이었는데 뭔가 댄스곡에 여운이 남는 느낌이 더해지기까지 했다.

작곡가가 아닌 이태형이 들어도 방금 신승주가 연주한 피아노곡이 더 좋게 느껴질 만큼 말이다.

"지, 지금 그게 뭡니까? 아니, 그보다 저분은 누구십니까?"

방금 피아노 연주 한 번으로 재중의 관계자에서 분으로 급상승했다.

신승주가 씨익 웃자 천서영이 대신 대답했다.

"이사님도 들어보신 적 있을 거예요. 신승주라는 이름을요."

"신승주……. 허억! 설마 그 천재 작곡가 신승주!"

얼굴은 모르지만 아무래도 이쪽 관련 일을 하고 있기에 이름은 들어본 적이 있었다.

이태형은 소스라치게 놀랐다.

그저 재중의 사람으로 생각했던 사람이 세계적으로 유명한 천재 작곡가 신승주였으니 말이다.

"설마… 저 사람이 그 천재?"

"어머! 젊다!"

연습생들도 자신들의 메인타이틀곡을 신랄하게 싸구려 취급한 상황에 속으로 온갖 욕을 다 했었다.

그런데 자신들이 욕한 사람이 바로 천재 작곡가로 유명한 신승주라고 하자 방금 전까지 욕을 한 일은 이미 그녀들의 머릿속에서 사라지고 없었다.

아니, 오히려 신승주에게서 광채가 빛나는 것 같은 느낌까지 받는 중이다.

신승주라면 자신들의 메인타이틀곡을 듣고 싸구려 취급을

해도 자연스럽게 이해가 된다.

그도 그럴 것이 신승주의 노래는 한 곡당 몇 억이 기본이었으니 말이다.

"재중 씨, 제가 편곡 좀 해도 될까요?"

오히려 신승주가 방금 피아노로 한 즉석 편곡도 마음에 들지 않는다는 듯 재중에게 물었다.

재중은 당연히 고개를 끄덕였다.

자신이 모르는 분야는 철저하게 전문가에게 맡기는 것이 확실하다는 것을 잘 알고 있다.

"이태형 이사님."

이어 재중이 이태형을 불렀다.

"네, 대표님."

"제가 지금 곡의 비용을 지불하면 편곡은 마음대로 해도 되는 겁니까?"

재중이 그동안 조용하다가 곡 비용을 지불할 듯 말하자 0.1초의 망설임도 없이 고개를 끄덕이는 이태형이다.

곡을 산다는 것은 즉 이대로 걸그룹을 데뷔시킨다는 것이나 마찬가지였다.

그렇기에 이태형은 혹시라도 말이 바뀔까 봐 빨리 대답한 것이다.

"그럼 작곡가에게 곡 비용을 다 지불하세요."

"네? 모두… 다요?"

"네."

"네. 대표님께서 그러시라면 하겠습니다."

곧바로 곡의 모든 비용을 다 주라는 말에 어안이 벙벙해진 이태형이었다.

실제로 곡을 산다고 해서 일시불로 곡의 비용을 다 지불하진 않는다.

그 이유는 곡의 비용이 워낙 큰 것도 있지만, 데뷔한 뒤 나눠서 지불하는 것이 관례이기도 해서였다.

그런데 재중이 갑자기 곡의 비용을 일시불로 다 주라고 하자 당연히 놀랄 수밖에 없었다.

1억 7천만 원이 결코 적은 돈이 아니기도 하지만, 과연 도대체 재중은 누구길래 720억에 SY미디어를 통째로 사고 곡 비용까지 아무렇지 않게 주는 건지 알 수가 없었으니 말이다.

그리고 이태형의 놀람이 극에 달했을 때, 연습실 문을 열고 들어오는 사람이 있었다.

끼익.

"저기… 재중 씨?"

"서린 씨, 이쪽으로 오세요."

재중이 SY미디어를 통째로 사게 만든 원인인 유서린이 도착한 것이다.

그리고 뒤이어 캐롤라인도 보였다.

질끈.

캐롤라인을 본 천서영은 순간 자신도 모르게 입술을 질끈 깨물었다.

표현할 수는 없기에 속으로 삼켰지만 뒤쪽이기에 본 사람은 없었다.

"저기… 왜 저를 이곳으로……?"

유서린은 카페에서 한참 일하고 있다가 갑자기 재중의 호출로 SY미디어로 오긴 했지만 무슨 일인지 전혀 영문을 모르는 표정이었다.

캐롤라인은 유서린이 재중의 전화를 받고 나가자 따라온 것이다.

"유서린 씨, 아직도 가수를 하고 싶나요?"

"네?"

지금까지 유서린은 자신과 이야기조차 잘 하지 않던 재중이 물어보자 당황하면서도 어떻게 대답해야 할지 망설이는 표정이었다.

유서린은 재중의 집에 얹혀사는 처지였다.

누구도 눈치를 주지 않았지만 스스로 눈칫밥을 먹으면서 지내고 있다 보니 성격이 소심해져 버린 것이다.

거기다 재중과 친하기는커녕 대화도 몇 번 해본 적이 없으니 어색한 것은 더했다.

"가수가 되고 싶어 했잖아요. 안 그런가요?"

"네, 그야 그렇죠. 그런데 왜 갑자기……?"

Chapter 06
가수 데뷔?

재중귀환록

뜬금없는 재중의 말에 유서린은 아직도 뭔가 뭔지 모르겠다는 표정이었다.

그런 유서린을 향해 재중은 너무나 간단하게 말했다.

"여기서 가수로 데뷔하세요. 이태형 이사님과 저기 신승주 씨가 도와줄 테니까요."

"네??"

순간 유서린은 자신이 잘못 들은 건 아닌가 하고 눈을 몇 번이나 깜빡이다가 뒤늦게서야 주변을 둘러보았다.

그제야 피아노 앞에 앉아 있는 신승주와 자신을 자세하게 관찰하듯 살피는 이태형이 눈에 들어왔다.

그리고 뒤쪽이긴 했지만 연습생으로 보이는 여자들도 함께 말이다.

"저기, 유서린 씨라고 했죠?"

"네? 아, 네."

"혹시 연습생이었나요?"

이태형은 유서린의 몸매를 보고는 나름 최소한의 관리를 받은 적이 있다는 것을 알아채고 물었다.

"아, 네. 몇 년 정도 작은 기획사에 있었어요."

정태만이 중국에 비싸게 팔기 위해서 몸매와 얼굴만큼은 철저하게 관리했기에 이태형도 한눈에 알아본 것이다.

일반인은 쉽게 가질 수 없는 몸매와 피부, 그리고 사람의 손이 제법 닿아서 관리가 된 듯한 모습이었다.

특히 몸매와 피부는 관리를 받은 사람과 그렇지 않은 사람의 차이가 극명하게 드러나는 편이다.

"음……."

이태형은 재중이 어디서 유서린을 데리고 왔는지는 중요하지 않았다.

지금 자신의 눈으로 보아 과연 유서린이 가수로 데뷔해서 성공할 수 있느냐 없느냐가 가장 중요했다.

그는 유서린을 찬찬히 살펴본 후 말했다.

"대표님."

"네."

"보니 관리받지 않은 지 제법 된 것 같은데, 다시 몸 관리하고 준비하려면 1년은 잡아야 합니다."

"그래요?"

"네. 피부는 아직 괜찮지만 몸매는 아무래도 보여주는 직업이다 보니 철저한 관리가 필요하니까요."

이태형이 냉정하게 말하자 재중은 별말 없이 고개를 끄덕이면서 말했다.

"그럼 이사님이 알아서 책임져 주세요. 전 이런 쪽은 전혀 모릅니다. 그리고 여기서 말하자면 전 SY미디어의 영업 방침에 관여할 생각이 전혀 없습니다."

"네? 대표님, 그게 무슨 말씀이신지……?"

수백억을 주고 산 SY미디어가 아닌가? 그런데 영업에 전혀 관여를 하지 않겠다니?

쉽게 납득이 가지 않는 말에 놀라서 이태형이 되물었다.

"전 연예계 쪽은 전혀 모릅니다. 그건 이태형 이사님도 알고 계시겠죠?"

"그야… 뭐……. 험험. 죄송합니다."

대표에게 아무것도 모른다고 순순히 대답할 만큼 바보는 아니기에 사과로 대신했지만, 그냥 맞다는 대답이나 마찬가지였다.

하지만 재중은 아무렇지도 않다는 표정으로 다시 말했다.

"제가 SY미디어의 주인이 되긴 했지만 실질적으로 관여할 생각은 전혀 없다는 겁니다. 어차피 제가 알지도 못하는 일에 관여해 봐야 혼란만 줄 뿐이니까요."

"……."

이제 갓 20대 초반으로 보이는 재중의 말에 이태형은 뭔가 자신보다 연륜이 높은 사람을 보는 듯한 느낌을 받았다.

생각이 깊은 것을 떠나 몇 백억을 주고 산 SY미디어에 관여를 안 하겠다니? 그것도 젊은 남자가? 도무지 있을 수 없는 일이기 때문이다.

그런데 더욱 놀라운 것은 재중의 말이 전혀 틀린 게 없다는 것이다.

사실 기획사는 대표가 바뀌면 정말 잡음도 혼란도 많아진다.

새로운 대표가 예전의 사람들을 밀어내고 자신의 말만 듣는 사람으로 물갈이하는 것이 당연했다.

이건 어쩌면 기획사에 한정된 것만은 아니었다.

그런데 재중은 대표인데 그냥 아랫사람 맘대로 하라고 하니 이상할 수밖에 없었다.

"지금까지 이태형 이사님이 SY미디어를 잘 이끌어오셨습니다. 그렇죠?"

"네? 험험, 그야… 저는 그렇게 생각합니다."

재중이 자신을 띄워주자 슬쩍 고개를 숙였지만 기분 좋은 표정이다.

"잘하는 사람을 두고 모르는 제가 나서봐야 결국 망하는 것은 SY미디어겠죠. 그럼 돈을 주고 산 저도 손해, 이곳에서 열심히 일한 이태형 이사님과 직원분들도 손해가 아닙니까? 그러니 그냥 지금처럼 하던 대로 하세요. 아, 천산그룹 관련 일은 그대로 이어서 해도 된다고 했으니 그냥 변함없이 하시면 됩니다."

"네? 천산그룹에서 저희에게 일을 준다는 말씀이십니까?"

사실 재중에게 SY미디어를 팔았다는 말을 들었을 때 이태형이 처음 느낀 것은 버림받았다는 것이다.

멀쩡하게 잘 운영하던 SY미디어를 판다는 것은 버린다는 의미 외에는 달리 생각할 것이 없으니 말이다.

그런데 변한 것이 없다고 한다.

천산그룹에서 계속 일을 주고 천산그룹의 그늘에 있을 때와 전혀 달라진 것도 없다.

결국 정확하게 한 달 뒤에 이태형은 도대체 재중이 왜 SY미디어를 수백억이나 주고 샀는지 궁금해서 물어보게 되는데, 그때 재중의 대답은 너무나 간단했다.

"유서린 씨를 가수로 만들려고 샀습니다."

"허억!"

세상에 유서린이라는 여자 한 명 때문에 몇 백억이나 하는 SY미디어를 샀다는 말은 정말 충격적일 수밖에 없었다.

그래서 혹시나 유서린이 재중의 와이프나 약혼자일지도 모른다는 생각이 들었지만 알아보니 그것도 아니었다.

재중은 그렇게 유서린을 자신에게 맡기고 가끔 와서 보기만 할 뿐 따로 대화를 하거나 만난 적이 없으니 말이다.

거기다 유서린에게 물어봐도 재중과 별로 친하지도 않다고 한다.

"뭐지, 대표님은 도대체? 별로 친하지도 않은 여자가 가수가 되고 싶다고 해서 SY미디어를 수백억을 주고 사다니… 나참."

이태형은 모든 상황을 봐도 도무지 재중의 정체를 알 수가 없어서 재중에게 직접 물어보려고 했다.

하지만 도무지 재중이 SY미디어로 잘 오질 않아서 결국 스스로 여기저기 물어 알아보고는 오히려 더욱 재중의 정체가 궁금해지는 상황이 벌어져 버렸다.

여동생이 천산그룹의 신규 오픈 카페를 운영하고 있지만, 기본적으로 고아에 특별한 가문도 아니었던 것이다.

S대를 다닌다는 것은 조금 의외였지만 수백억을 가볍게 쓸

만큼 엄청난 갑부나 재력가 집안도 아니었다.

거기다 세계적으로 알아주는 천재 작곡가 신승주가 재중의 말이라면 아주 껌뻑 죽는 것을 보면 더더욱 이상했다.

"도대체… 대표님은 누구지? 외계인인가?"

그리고 매달 이태형이 필요하다고 결제만 올리면 액수가 얼마가 되든 바로 다음날 입금되는 돈을 보고 있노라면 오히려 천산그룹의 그늘에 있을 때보다 더 편했다.

기획서를 써서 승인을 받을 필요도 없었으니 말이다.

그저 이러이러해서 돈이 필요합니다, 뭣 때문에 돈이 필요합니다 하는 식으로 서류를 팩스나 이메일로 보내면 별다른 문제가 없는 한 무조건 허락과 함께 필요한 돈이 꼬박꼬박 현금으로 SY미디어 통장으로 다 들어오고 있으니 말이다.

"이사님, 저희에겐 오히려 더 좋은 거 아닌가요?"

"그러게요. 간섭도 없고 하고 싶은 거 해도 뭐라 하는 사람도 없으니 이건 너무 좋아서 불안하기까지 합니다."

직원들도 시간이 흐를수록 바뀐 것을 피부로 느끼는지 한 사람씩 말을 하기 시작했다.

"뭐, 아무렴 어때. 우리한테는 오히려 마음대로 해보고 싶은 것을 다 할 수 있는 기회인데 말이야. 안 그런가?"

"그거야 그렇지만… 너무 좋아서 불안하긴 처음이라…….하하하하!"

돈은 쓰고 싶은 만큼 펑펑 쓰게 해주고 간섭은 처음 재중이 말한 대로 일체 없었다.

거기다 문제만 없으면 웬만한 기획서는 거의 무사통과했으니 자신들이 귀신에 홀린 것이 아닌지 의심까지 했다.

그리고 해가 바뀌어 재중이 S대에 입학하는 날, SY미디어에서 다섯 명의 연습생이 베인티라는 이름으로 정식으로 데뷔를 하게 되었다.

물론 처음 이태형이 산 곡을 신승주의 손을 거쳐 거의 반 이상 뜯어고친 완전 다른 곡으로 말이다.

다만 유서린은 본래의 계획대로 아직 준비 중이었다.

워낙에 자포자기 심정으로 놓아버린 몸이라 그런지 다시 되돌리기 위해서는 엄청난 노력이 필요했던 것이다.

다행히 먼저 데뷔한 베인티를 부러워하는 마음이 오히려 자극제가 되기도 했다.

정태만의 기획사와 달리 베인티가 데뷔하는 모습을 직접 두 눈으로 확인했기에 자신도 언젠가는 데뷔할 수 있다는 희망을 품고서 하루하루를 연습에만 몰두하면서 말이다.

그런데 정작 베인티가 데뷔하자 그 누구도 예상하지 못한 상황이 벌어졌다.

"…데뷔 한 달 만에 가요 순위 1위, 음원 매출 1위라니… 이걸 믿어야 하나? 하하하하하하!"

중간만 가도 대성공이라고 생각한 베인티의 인기가 거의 쓰나미급으로 가요계를 강타해 버렸다.

거기다 데뷔 한 달 만에 걸그룹이 모든 가요 순위와 음원 판매를 동시에 1위를 한 적은 한국 가요사에 단 한 번도 없었던 것이라 더욱 믿어지지 않았다.

그런데 그것뿐만이 아니었다.

걸그룹 하면 오빠 팬, 삼촌 팬을 떠올리는 것이 당연했다.

그런데 특이하게 베인티는 언니라고 부르는 언니 팬이라는 팬 층이 이례적으로 두텁게 생겨 버린 것이다.

그리고 순식간에 그들은 삼촌 팬과 함께 베인티를 이루는 가장 튼튼한 팬덤이 되었다.

그게 불과 베인티가 데뷔하고 두 달 만에 이뤄진 결과였다.

Chapter 07
소문의 입학생

"소문 들었어?"

"응? 무슨 소문?"

따뜻한 햇살 아래에서 전공 책을 보던 여대생이 갑자기 생각난 듯 옆의 친구에게 말을 건넨다.

"이번에 우리와 같이 입학한 신입생 중에 20개국 언어를 유창하게 하는 사람이 있대."

"응? 20개 언어를? 에이, 말도 안 돼."

재중을 두고 하는 말이다.

S대 교수들은 재중의 완벽한 언어능력이 회화뿐만 아니라

읽는 것, 쓰는 것 모두 흠잡을 것이 없기에 자신의 과목을 접수하지 않아도 된다고 했고, 더불어 재중에 대해서 비밀에 부치기로 합의를 보았다.

어느 정도로 잘해야 기대 심리와 함께 주변 사람들이 자극을 받을 텐데 재중의 경우는 그 수준이 너무나 저 멀리 떨어져 있었던 것이다.

당연히 S대는 국내에서 내로라하는 수재들이 모이는 곳이다.

그런데 그런 수재들도 고개를 내저을 정도로 재중의 언어 능력이 대단하다면 상대적으로 박탈감을 느끼는 것은 당연했다.

특히 재중과 같은 외국어 능력으로 특채 입학을 한 다른 학생들 때문에라도 교수들은 어쩔 수 없이 재중의 존재를 쉬쉬했다.

하지만 세상에 영원한 비밀은 없는 법이다.

국가 기밀도 아닌 상황에 당연히 지켜질 리도 없었다.

S대 교수들은 비밀을 지켰지만, 그때 재중의 면접을 위해 다른 대학 등지에서 섭외했던 사람들에게서 재중에 대한 말이 퍼지기 시작하는 것까지는 막을 수가 없었다.

그리고 그 결과 지금 S대에서 가장 이슈가 되는 것이 바로 20개국의 언어를 유창하게 하는 신비에 싸인 신입생에 대한 소문이었다.

"너도 그렇게 생각하지? 그런데 그게 아니야. 너 알지? 옆에 Y대에 내 남친 있는 거."

"응? 그야 알지."

"남친이 하는 말이 자기 담당 교수님이 그때 면접장에 있었대. 20개국 언어를 모두 확인하려고 우리 학교에 없는 언어 과목은 다른 대학에서 초청했대. 그리고 거기서 남친 담당 교수님이 직접 확인했다는 거야, 글쎄."

"허억! 대박! 진짜야?"

"설마 3년 사귄 내 남친이 나한테 거짓말을 하겠어? 뭐 이득 보는 것도 없는데."

"그래? 하지만 그거 진짜일까? 사람이 어떻게 20개국 언어를 유창하게 해. 난 영어만 해도 머리 아파 죽겠는데. 에휴……."

친구가 지금 영어 때문에 머리가 아프다고 하자 처음 말을 꺼낸 여대생은 오히려 그런 친구에게 한마디 했다.

"그래도 넌 영어지. 난 불어야, 불어. 아주 미치겠다."

지금 대화를 나누는 여대생 중 하나는 전공이 영어고 하나는 불어인 듯했다.

그런데 그런 그녀들 시선에 단연 눈에 띄는 여대생이 한 사람 보였다.

"헛! 저기 저 사람, 서영 선배 아니야?"

"응? 서영 선배면 천서영 선배 말이야?"

천서영의 존재는 이미 예전부터 알려져 있었기에 학생들 사이에서는 제법 유명했다.

한동안 아파서 휴학을 했기에 이제 2학년이지만 실질적으로는 그녀의 입학 동기 대부분이 4학년 졸업반에 있었다. 그래서 서영을 알아보는 학생들은 대개 그녀를 선배라고 했다.

"와, 미모가 장난 아니네."

"미모만 그러면 이렇게 기죽지 않지. 서영 선배 몸매랑 내 몸매를 보면 내가 과연 같은 여자인지 의심스럽다, 정말."

"뭐… 확실히 예쁘다. 천산그룹 친손녀라는 타이틀에 비하면 몸매는 오히려 장난이지, 장난."

"하긴… 어멋!"

천서영을 보면서 이야기를 나누던 둘은 천서영이 자신들에게 가까이 오자 자동적으로 일어서서 반갑게 웃으면서 인사를 했다.

"서영 선배, 안녕하세요?"

"안녕하세요?"

"응, 안녕!"

천서영도 누군지는 모르지만 이미 모르는 사람들의 인사가 익숙했기에 자연스럽게 받아주고는 가던 길을 갔다.

"에휴, 놀래라. 설마 우리한테 올 줄이야."

"나도 놀랐어. 그래도 서영 선배한테는 잘 보여야겠지?"

친구를 보면서 말하자 친구도 당연하다는 듯 고개를 끄덕였다.

"졸업하면 천산그룹에 입사할지도 모르는데 서영 선배와 친해서 나쁠 건 없지. 안 그래?"

"후후훗, 그렇지."

천서영의 미모도 미모지만 S대 안에서 그녀에게만큼은 모두가 친절할 수밖에 없는 이유가 또 따로 있었다.

바로 S대를 졸업하는 졸업생 중에 50% 이상이 천산그룹을 1차로 지목하고 입사 시험을 보기 때문이다.

미래에 자신의 상관이 될지도, 어쩌면 월급을 주는 사람이 될지도 모르기에 모두가 친절할 수밖에 없었다.

물론 남학생들은 어떻게든지 천서영과 우연이라도 만남을 가져서 사귀는 사이가 되어볼까 하는 흑심도 품었다.

하지만 천서영이 그걸 모를 만큼 어수룩하지는 않았다.

그래서 천서영은 그만한 미모를 가지고서도 아직까지 남자친구가 없다는 S대 소문의 주인공이기도 했다.

물론 재중이 나타나기 전까지는 말이다.

"그런데 서영 선배 가는 곳을 보니 또 거기지?"

"그래. 얼굴에, 몸매에, 거기다 집안까지 대단한 서영 선배가 도대체 뭐가 아쉬워서 그 사람을 따라다니는 건지 정말 이해가 안 간다니까."

"이름이 선우재중이었나?"

"맞아. 보니까 수능 만점자라고 하더라."

"만점? 뭐, 공부는 잘했네. 그런데 고아라면서, 그 사람?"

"응. 이미 소문 쫙 퍼졌잖아. 서영 선배를 짝사랑하는 남자들이 선우재중에 관한 인적 사항을 다 퍼뜨렸으니까 알 만한 사람은 다 알고 있을걸."

"뭐, 잘생기긴 했는데 서른네 살 먹은 아저씨잖아. 좀 그건 아닌 것 같다. 나는 아무리 사랑에 눈이 멀어도……."

영어 때문에 머리 아프던 여학생은 어느 순간 공부가 아닌 수다를 떨기 시작했고, 수다의 중심엔 재중이 있었다.

이번에 새로 신학기가 시작되면서 학교를 뜨겁게 달군 소문이 몇 가지 있었다.

그중 하나는 20개 국어를 모두 유창하게 구사하는 신입생에 관한 이야기였고, 또 하나는 천산그룹의 손녀인 천서영이 휴학을 끝내고 다시 복학한다는 소식이었다.

당연히 남학생들은 천서영의 복학 소식에 열광했다.

그녀와 사귀지는 못하더라도 하다못해 친해지기만 해도 최소한 졸업할 때 천산그룹에 입사하는 것은 무사통과일 테니 말이다.

그런데 막상 천서영이 복학하고 나자 그 누구도 믿고 싶지 않은 상황이 벌어졌다.

천산그룹의 친손녀이자 S대의 퀸으로 불리는 천서영이 신입생 중에 한 명을 좋아해서 따라다니는 것이다.

처음에는 그걸 믿는 사람이 없었다.

"에이, 설마 천하의 천서영 선배인데."

"천산그룹 손녀가 뭐가 아쉬워서 남자를 따라다녀? 말도 안 돼."

"태평그룹의 장남도 마음에 안 들어서 차버렸다고 하던데 헛소문일 거야, 헛소문."

상식적으로 천서영이 남자를 좋아해서 따라다닌다는 것은 있을 수 없는 일이기에 믿는 사람이 없었다.

하지만 불과 3개월 후, 이제는 천서영이 매일 똑같은 학과 강의실로 간다는 것을 S대 모두가 알고 있는 상황이다.

"으악!! 말도 안 돼!!"

"있을 수 없는 일이야!!"

"어떻게 서영 선배가!! 어떻게 서영 선배가!!"

"누군지 알아내!! 당장!!"

천서영이 좋아서 따라다니는 남자가 있다는 것이 확인되자 신원이 밝혀지는 것은 순식간이었다.

가족사와 지난 학력까지 알아내는 것은 너무나 쉬웠다.

다들 어느 정도 재력이 있는 집안 자식이었고, 거기다 국내에서 수재들만 모였으니 말이다.

머리 좋은 녀석들이 작정하고 달려들었는데 나오는 게 없다면 그게 오히려 이상한 일이었다.

그런데 그렇게 밝혀진 천서영이 좋아서 따라다니는 재중의 존재는 모두에게 충격을 주고야 말았다.

"고아?"

"가족이라고는 여동생 하나뿐이래."

"거기다 나이가 서른네 살이래. 얼굴이 거의 살인적인 동안이다. 헐!"

"소문을 들어보니까 작년까지 미화여대 앞에서 카페를 운영하던 사장님이었대."

"설마 지금 우리 S대의 퀸이 서른네 살 아저씨한테 빠져서 따라다닌다는 거야?"

"대박! 이건 S대 역사상 최고의 뉴스감이다."

천산그룹의 손녀인 천서영과 고아에 서른네 살 먹은 아저씨 신입생. 누가 봐도 차이가 극명하게 날 수밖에 없었다.

아니, 최소한 중견 기업의 자식이라면 어느 정도 이해라도 했을 것이다.

하지만 재중의 실체가 어느 정도 밝혀지자 오히려 학생들의 반응은 극명하게 두 가지로 나뉘었다.

도대체 어떻게 천서영을 사로잡았는지 너무나 궁금하면서도 존경스럽다는 사람들과 주제도 모르는 녀석이 천서영을 속여서 괴롭히고 있다며 막무가내로 재중을 싫어하는 녀석들이었다.

물론 막무가내로 싫어하는 녀석의 대부분은 운동이 특기인 녀석들이긴 했다.

애초에 좋은 머리로 시험 쳐서 들어온 녀석들은 자신의 주제를 알기에 천서영을 절벽 위의 꽃 정도로 생각했으니 그녀가 재중을 쫓아다니든 말든 그저 관심만 있을 뿐이었다.

하지만 운동을 특기로 들어온 녀석들은 비쩍 마른 재중을 보고는 도대체 약해 보이기만 하는 재중의 어디가 좋아서 천서영이 쫓아다니는 것인지 이해를 하지 못했다.

물론 운동 특기생 전원이 그런 것은 아니었지만, 승부욕이 강한 녀석일수록 재중을 무조건 싫어하는 것은 어쩔 수 없는 일이었다.

아직은 서로 눈치만 보고 있지만, 아마 언젠가 누군가가 나서서 총대를 메는 순간 터질 것이다.

천서영과 같은 미모에 재력, 그리고 배경까지 모두 갖춘 여자라면 본인의 의지와 상관없이 주변에서 피곤하게 하는 법이니 말이다.

"재중 씨."

"......?"

이제는 강의실의 명물이 된 모습이다.

천서영이 재중의 강의가 끝날 시간에 맞춰서 강의실로 오는 모습이 말이다.

물론 처음에는 온 강의실이 난리가 났지만 이제는 그냥 오늘도 왔구나 하는 정도였다.

결국 남의 여자에게는 금방 흥미를 잃을 수밖에 없으니 말이다.

그런데 문제라면 천서영이 이렇게 지고지순하게 매일 찾아오는 당사자 본인도 흥미가 없는 표정이라는 것이다.

"네."

그리고는 천서영이 옆에 서서 재중에게 계속 뭐라고 말을 시키고 재중은 간간이 고개를 끄덕이거나 간단하게 대답하는 게 전부인 장면이 벌어졌다.

물론 그것도 강의실 학생들은 모두 익숙하게 보는 장면이다.

"도대체 서영 선배는 뭣 때문에 노땅을 따라다니는 건지 이해가 안 되네."

"왜? 난 뭔가 분위기 있어 보이고 괜찮던데."

재중과 천서영이 눈에 보이지 않을 만큼 멀리 가버리자 강의실을 나오던 학생 둘이 대화를 나누기 시작했다.

대부분이 천서영이 눈에 콩깍지가 씌어서 그런 거라는 둥 말이 많았다.

그런데 시간이 지날수록 이상하게도 한 명씩 천천히 재중에게 관심을 보이는 여학생이 늘어나기 시작했다.

정말 한두 명뿐이지만 말이다.

"넌 괜찮아 보여?"

얼마 전까지만 해도 재중에 대해서 그다지 관심이 없던 친구가 호의적인 말을 하자 놀라며 묻는다.

"왜? 고아에 혼자 미화여대해서 유명한 카페까지 차렸을 정도면 성공한 거잖아. 그리고 서른네 살에 검정고시로 공부해서 수능 만점까지, 그리고 S대 입학하는 열정이면 사람은 괜찮은 것 아니야?"

친구의 말에 가만히 생각해 보더니 자신도 모르게 고개를 끄덕인다.

"응? 그러고 보니 맞는 말이네?"

워낙에 사람들이 천서영과 비교해서 안 좋은 이야기를 했기에 몰랐던 것이다.

재중 한 사람만 놓고 보면 그저 부모님 곁에서 용돈 받아가며 편하게 살아온 자신들과는 비교도 되지 않을 만큼 힘겹게 살아왔다는 것을 말이다.

최소한 존경은 몰라도 욕먹을 삶을 살아오진 않았다.

천서영만 아니었다면 아마 재중에게 관심을 보이는 여학생이 더 많았을 것이다.

남자는 느끼지 못하지만 여자들은 본능적으로 재중의 몸에서 뿜어지는 카리스마를 느낄 수가 있었다.

거의 모든 힘을 봉인했지만 본질을 완전히 숨기지는 못했는지 시간이 지날수록 그런 재중의 카리스마에 매료되는 여학생들이 조금씩 늘어나고 있는 중이었다.

그러거나 말거나 소문의 주인공인 재중은 상관도 하지 않지만 말이다.

"스파게티 먹으러 갈래요?"

같은 대학이라는 공간이 주는 소속감 때문인지 확실히 그녀답지 않게 천서영이 재중에게 다가오는 방법이 바뀌어 있었다.

본래의 그녀라면 절대로 이렇게 대학 내에 소문이 자자할 만큼 대놓고 다가오지 않았을 텐데, 무슨 심경에 변화가 생겼는지 입학하고 첫날부터 자신을 찾아왔던 것이다.

표현하지 않았을 뿐 재중도 사실 놀라긴 했다.

거기다 은연중에 자신이 한 학년 선배라는 것까지 내세워서 알게 모르게 다가왔다.

재중은 처음에는 굳이 그러지 않아도 된다고 말했지만,

"제가 변해야 한다고 생각했어요. 그리고 그건 재중 씨 때문이니까 전 다가갈 거예요."

당당하게 재중을 보면서 말하더니 오히려 더욱 대놓고 다가왔던 것이다.

재중이 SY미디어를 사들이고 유서린의 데뷔 등과 관련해 입학하기 전까지 잠깐 몇 달 동안 바쁘게 움직이던 동안 도대체 천서영에게 무슨 일이 있었는지 모를 일이었다.

대체 무엇 때문에 이런 심경의 변화가 생겼는지 말이다.

뭐, 굳이 그렇게 궁금하지 않기도 했다.

지금 자신의 길을 막고 선 몸무게가 120kg이 넘고 거기다 키도 2m는 되어 보이는 녀석이 나타나기 전까지는 말이다.

"뭐죠?"

천서영이 자신의 길을 막은 남자가 불만스러운지 날카롭게 물었다.

"서영 선배를 구하러 왔습니다."

"네? 날 구하다니 무슨 말이에요?"

느닷없이 자신을 구하다니?

서영이 이유를 몰라서 되물어보자 녀석이 갑자기 재중을 향해서 삿대질을 하는 것이 아닌가?

"야, 노땅, 니가 어떻게 서영 선배를 속였는지는 모르지만 오늘 내가 네놈이 얼마나 나약한지 서영 선배에게 보여주겠어!"

"……"

천서영은 녀석이 한 말에 순간 멍한 듯 쳐다보다가 곧 무슨 상황인지 알아채고는 화를 내면서 한마디 하려고 했다.

재중이 그런 천서영을 막아서지 않았다면 말이다.

"재중 씨, 왜……?"

천서영은 상대하지 말자는 표정으로 재중을 봤지만 재중은 오히려 조용히 손가락을 입에 가져다 대면서 말했다.

"우선 가만히 있어봐요."

천서영은 모르고 있지만 조금 떨어진 곳에서 녀석이 재중의 앞을 막아선 것을 지켜보는 사람이 제법 되었다.

아무리 감각을 봉인한 상태라고 하지만 재중이 의지만 일으키면 봉인 따위는 어차피 무의미했기에 금방 알아챈 것이다.

그리고 재중도 사실 언제고 이런 녀석들이 나타날 것을 예상하고 있기도 했다.

다만 누군가 총대를 메고 나서지 않았기에 가만히 있었을 뿐이다.

만약 재중에게 상처를 입히면 총대를 멘 녀석은 아마 영원히 천산그룹에 입사하는 것이 물 건너갈 것이 뻔한데 누가 먼저 나서려고 하겠는가?

당연히 자기 몸 아까운 줄 아는 녀석이 대부분이다 보니 아무도 나서지 않게 되었고, 그러다 보니 뒤에서 말도 안 되는 소문만 퍼뜨리는 녀석들이 넘쳐났다.

천서영을 최면술로 속였다는 둥, 마약으로 중독시켜 천서영이 재중을 따라다닌다는 둥, 말도 안 되는 루머가 퍼져 있는 것만 봐도 알 수 있었다.

그런데 그런 말도 안 되는 루머를 모두 믿는 녀석이 나타났다.

세계적으로 유명한 격투기 대회를 치르기 위해서 외국에 있다가 얼마 전에 귀국한 녀석으로 오자마자 재중에 대한 나쁜 소문과 S대 퀸인 천서영이 마약과 최면술로 노예가 되었다는 허무맹랑한 말을 그대로 믿어버린 것이다.

당연히 좋은 총대가 생겼으니 뒤에서 이간질하던 녀석들이 적극적으로 나서서 부추기기 시작했고, 그 결과가 바로 지금 이 상황이었다.

"네놈이 감히 서영 선배를 능욕하다니!! 천벌을 받아라!!"

선전포고 같은 것도 없었다.

곧바로 재중에게 주먹을 내지르는데,

"까약!!"

"미쳤어! 학교 입구에서 싸움이라니!"

지금까지 분위기가 워낙 좋지 않아서 멀리서 지켜보던 학생 중 몇몇이 녀석의 공격에 너무 놀라 비명을 질렀다.

그런데,

뻐억!

털썩!

"……."

큰 덩치 녀석의 공격에 재중이 나가떨어지는 장면을 상상하던 학생들의 예상과 달리 오히려 쓰러진 것은 녀석이었다.

그것도 단 한 방에 말이다.

"재중 씨, 살살한 거죠?"

재중이 기공술의 달인이라는 것을 철석같이 믿고 있는 천서영은 오히려 너무 세게 치지 않았는지 물어볼 정도였다.

"방금 맞은 발경 때문에 며칠 속이 불편하겠지만 괜찮을 겁니다."

워낙에 덩치가 큰 녀석이기에 어설프게 공격하기보다 차라리 단 한 방에 쓰러뜨리는 것이 좋다고 판단을 내린 재중이었다.

재중은 녀석의 갑작스런 공격에도 천천히 주먹을 끝까지 보고는 종이 한 장 차이로 살짝 피한 뒤 녀석의 팔을 잡고 오히려 안으로 파고들었다.

그리고는 살며시 손바닥을 녀석의 가슴에 가져다 대는

순간,

　쿵!

　오직 녀석의 머리에만 들리는 엄청난 소리와 함께 기억이
끊어져 버린 것이다.

　"발경이면… 그거 위험한 거 아니에요?"

　재중이 기공술의 달인이라는 것을 알고 천서영도 나름 알
아봤기에 발경이 뭔지는 알고 있었다.

　발경은 그저 통칭이고 실제로는 침투경이었다.

　거리가 제로인 상태에서 상대를 타격하는 기술, 그리고 그
타격이 몸의 겉이 아닌 몸속을 뒤 흔드는 것, 이것이 바로 발
경이다.

　사실 발경이라는 말은 워낙에 유명해서 아는 사람이 많지
만 침투경과 발경을 혼동하는 경우가 많았다.

　재중이 한 발경을 자세하게 파고들면 짧은 거리에서 공격
하는 촌경과 일반적인 거리에서 하는 척경이라는 두 가지 기
술 중에서 촌경의 하나였다.

　그중에서도 거리가 제로인 상황에서도 상대를 제압할 만
큼 강한 진동을 몸속에서 일으킨다고 해서 침투경이라고 불
리는 것이 바로 방금 재중이 사용한 발경이다.

　거리 제로에서 상대의 몸을 진동시켜 기절시킬 만큼의 강
약까지 조절한다는 것은 사실상 아무리 평생 발경을 수련한

사람이라고 해도 불가능했다.

재중에게는 그리 어려운 기술이 아니지만 말이다.

"뭐, 사용하는 사람에 따라 다른 거죠. 칼을 요리사가 들면 요리 도구가 되고 악의 가진 사람이 들면 살인 도구가 되는 것처럼요."

"아……!"

간단하게 천서영에게 설명을 마친 재중이 갑자기 쓰러진 녀석을 뒤로하더니 나무 뒤에 있는 한 학생에게 천천히 다가갔다.

그리고는,

"가서 전해라. 이 쪽지에 적힌 녀석 전원, 한 번만 더 이 같은 장난을 친다면 더 이상 천산그룹으로의 취직은 포기하라고 말이야."

"헛!!"

학생은 어떻게 재중이 자신이 덩치와 한패라는 것을 알고 있는지 깜짝 놀랐다.

그리고 이어 재중이 준 쪽지를 펼쳐 보고는 온몸의 피가 빠져나가는 느낌을 받았다.

쪽지에는 그의 이름을 포함해서 지금 멀리서 지켜보고 있는 전원의 전공과 이름이 쓰여 있었던 것이다.

"어떻게… 어떻게 우리를 알고 있는 거야?"

지금까지 내색 한 번 하지 않던 재중이기에 자신들의 존재를 모른다고 생각했던 녀석은 재중의 쪽지를 보는 순간 기겁할 수밖에 없었다.

재중에 대해 루머를 퍼뜨린 녀석들의 이름이 한 명도 빠짐없이 모두 쓰여 있으니 그걸 보고 놀라지 않는다면 그게 오히려 더 이상했다.

"누구예요?"

반면 천서영은 재중이 몇 마디 하고 바로 돌아오는 모습에 질문을 던졌다.

그에 재중은 대답 없이 쓰러진 녀석을 한번 쳐다보더니,

"이대로 두고 가면 시끄럽겠죠?"

천서영에게 물어봤다.

그녀는 어색하게 웃으면서 고개를 끄덕였다.

지금 수십 명의 학생이 쳐다보고 있는 상황에 그냥 가버리면 당연히 소문이 퍼질 것이다.

그게 좋든 나쁘든 교수들의 귀에 들어가면 재중이 제재를 받을 가능성이 높았으니 말이다.

"그럼 뭐, 깨워서 같이 가야겠군요."

"네?"

천서영은 완전히 기절해서 땅바닥에 웅크린 자세 그대로 쓰러진 녀석을 깨운다는 말에 놀랐다.

하지만 천서영이 놀라거나 말거나 개의치 않은 재중은 천천히 쓰러진 녀석의 등에 손바닥을 살짝 올렸다.

그리고 잠깐 심호흡을 하더니,

쿵!

오직 재중과 기절했던 녀석의 머릿속에만 울리는 커다란 울림이 울렸고,

"쿨럭쿨럭!!"

놀랍게도 기절해서 도무지 일어날 것 같지 않던 녀석이 커다란 몸을 꿈틀거리면서 깨어났다.

물론 요란한 기침 소리와 함께 말이다.

"재, 재중 씨, 깨어난 거예요?"

천서영도 설마 녀석이 바로 깰 줄은 몰랐기에 놀란 표정이 되었다.

반면 재중은 깨어난 녀석의 얼굴을 한참 쳐다보더니,

"너 같이 밥 먹으러 갈래?"

기절했다 깨어난 녀석에게 태연하게 밥 먹으러 가자고 말하고 있다.

"밥… 이요? 좋죠."

그리고 깨어난 녀석은 재중의 말에 천천히 고개를 끄덕이고 있다.

도저히 여자인 천서영의 상식으로는 이해가 가지 않는

장면이지만 어쩌겠는가? 이대로 두고 갈 수는 없으니 말이다.

워낙에 보는 눈이 많았기에 그녀에게도 선택의 여지가 없는 것은 마찬가지였다.

Chapter 08
루머 뒤집기

재중귀환록

"형님, 죄송합니다."

쿵!

커다란 덩치가 재중 앞에 넙죽 절했다. 천서영은 재중의 옆에서 덩치가 절하는 그 모습을 지켜보는 중이었다.

천서영은 왠지 큰 덩치 앞의 재중이 한없이 작아 보이면서도 한편으로는 오히려 그렇기에 대단해 보이기도 했다.

"됐어. 어차피 이용당한 것뿐이니까."

재중은 처음 녀석이 자신의 앞을 가로막았을 때 녀석의 몸에서 뿜어져 나오는 오라의 색을 보고는 단번에 상황을 알아차렸다.

개인적인 욕심이나 질투로 온 녀석은 절대로 낼 수 없는 오라 빛을 보았기에 상황을 파악하고 즉각 주변을 탐색한 것이다.

그 결과 테라가 미리 조사해 둔 재중을 음해하는 패거리 중 한 녀석을 찾을 수 있었다.

더해서 멀리서도 지켜보는 녀석들을 확인하게 되자 결론은 뻔했다.

단순 무식한 이 녀석은 이용당한 것이라는 것을 말이다.

물론 S대에서 대놓고 앞에서 천서영의 심기를 건드릴 만큼 머리 나쁜 녀석은 절대 없다는 것이 테라의 판단이었는데 오늘 그게 어긋나 버리긴 했다.

하지만 오히려 이걸 기회로 재중은 그동안 뒤에서 루머를 퍼뜨리던 녀석들에게 경고를 했으니 손해만 본 것은 아니었다.

"정말 죄송합니다. 전 정말… 형님이… 서영 선배를… 최면술로… 그랬다고 생각해서……."

덩치는 재중의 발경 한 방에 본능적으로 재중이 소문과 다른 사람이라는 것을 깨달았다.

거기다 오면서 이어지는 천서영의 잔소리에 최면술이니 마약이니 하는 말도 안 되는 루머를 믿은 것이 너무나 부끄러워졌다.

그래서 이렇게 한적한 곳으로 오자마자 재중에게 무릎을 꿇고 용서를 빌고 있는 중이다.

그런데 재중이 너무나 태연하게 자신이 이용당한 걸 알고 있다면서 별것 아닌 것처럼 용서해 주자 감동받고 말았다.

그래서 재중을 형님으로 모시겠다는 결심을 하고 힘차게 말했다.

"형님, 전 박철이라고 합니다! 평생 형님으로 모시겠습니다!"

"싫어."

"혀, 형님……."

박철이 감동해서 형님으로 모시겠다고 하자마자 잔인하리만큼 단칼에 거절해 버리는 재중이다.

그런 재중의 모습에 박철은 자신의 경솔한 행동 때문이라고 생각하고 풀이 죽어버렸다.

120kg에 2m 가까운 키를 가진 박철의 어깨가 축 처지자 그걸 지켜본 천서영은 커다란 고양이가 비를 맞고 있는 모습이 연상되었다.

"재중 씨, 그래도 너무… 매정하게 그러는 건……."

불쌍해 보여서 재중에게 한마디 하자 재중이 단호하게 말했다.

"자신의 힘을 함부로 휘두르는 녀석은 언제고 자기 가족도 다치게 하는 법이죠. 그리고 전 그런 사람을 싫어합니다."

싫어하는 이유가 너무나 뚜렷했기에 천서영도 결국 입을 다물었다.

"형님, 죄송합니다."

박철도 자신이 힘을 믿고 함부로 했다는 것에는 스스로도 깨닫는 바가 있기에 축 늘어진 어깨를 하고는 일어서서 천천히 걸어가 버렸다.

그런데 그 뒷모습이 정말 애처롭게 보였다.

"재중 씨, 괜찮을까요?"

공격당한 천서영까지 불쌍한 마음이 생길 정도로 애처로워 보였지만 재중은 오히려 피식 웃었다.

"내일이면 또 잊어버릴 걸요?"

"…설마요. 오늘 그렇게 당했는데……."

천서영은 재중이 한 말을 이해할 수 없어 고개를 갸웃거렸지만 다음 날 인정할 수밖에 없었다.

"형님, 이제 새사람이 되겠습니다! 저를 동생으로 받아주세요!"

강의실 건물 창문 바깥쪽에서 큰 소리로 소리치는 박철을 보고는 어제 축 늘어져 애처롭기만 하던 박철이 맞는지 의심스러웠으니 말이다.

그리고 S대에 새로운 소문이 돌기 시작했다.

선우재중의 최면술은 여자인 천서영을 넘어 남자인 박철에게까지 마수가 뻗었다고 말이다.

물론 그 소문이 돌자마자 재중은 기다렸다는 듯 명령을 내렸다.

"흑기병, 소문 퍼뜨린 녀석들 모두 잡아서 강에 던져 버려."

―네, 마스터.

기회는 한 번이면 충분했다.

따지고 보면 별일 아니기는 했다.

겨우 뒤에서 앞잡이처럼 루머를 퍼뜨렸을 뿐이니 말이다.

하지만 경고를 했음에도 또다시 소문이 퍼졌다는 것은 용서할 가치가 없었다.

그날, S대 기숙사에서 남학생 여덟 명이 갑자기 사라졌고, 시간이 지난 뒤 지구대에서 S대로 연락이 왔다.

미친 S대 학생 여덟 명이 강에 투신자살을 하려 했다면서 말이다.

졸지에 투신자살한 미친놈이 되어버린 것이다.

물론 소문이 퍼지는 것은 순식간이었다.

재중이 일부러 녀석들의 소문이 퍼지도록 유도한 것도 있지만 확실히 빠르게 퍼지긴 했다.

그 결과 흑기병이 강에 던져 버린 여덟 명 전원이 자퇴하고 다른 대학으로 편입해 버렸다.

수도권이 아닌 멀리 떨어진 지방대학으로 말이다.

그리고 녀석들이 모두 S대를 떠나는 순간 재중은 조용히 혼자 입가에 미소를 지어 보였다.

*　　　　*　　　　*

"재중 씨, 곧 MT 갈 것 같은데 같이 가지 않을래요?"

"……?"

재중은 천서영이 갑자기 MT 이야기를 꺼내자 한번 쳐다보고는 관심 없다는 표정을 지었다.

사실 재중은 OT(오리엔테이션)도 그냥 건너뛴 상태였다.

워낙에 천서영이 따라다니는 남자라는 소문이 퍼져서 가 봐야 그다지 좋을 일 없을 것이 뻔히 보이기에 가지 않은 것 이다.

덕분에 과에서 친한 사람이 하나도 없는 상황이 되었지만 말이다.

물론 재중의 서른네 살이라는 나이도 그런 상황에 어느 정 도 한몫했다.

아저씨라고 기피하는, 군대 갔다가 제대한 복학생들조차 파릇파릇한 총각으로 느껴질 만큼 재중의 나이는 많은 편이었다.

더불어 재중의 무뚝뚝한 면도 많은 영향을 끼쳤다.

"가보고 싶지 않아요? MT인데 말이죠."

"안 가도 상관없잖아요."

"그야……."

재중의 성격을 아는 천서영은 당연한 대답이라고 생각했다.

그런데 과연 그녀가 이런 재중의 성격을 뻔히 알고서도 굳이 질문을 했을까?

"그런데 연아 씨가 좀 걱정하던데요."

"……?"

"오빠가 너무 아웃사이더로 지낸다고 걱정이 이만저만이 아니더라고요."

"그게 무슨 문제 있나요?"

재중의 삶 자체가 아웃사이더이기에 오히려 왜 그러냐는 듯 물었다.

"연아 씨는 재중 씨가 좀 더 사람들과 친하게 지내 나중에 자신의 결혼식에 많은 사람이 왔으면 하더라구요. 가족이라고는 재중 씨와 단둘뿐이라면서요."

"……."

재중은 천서영의 모습을 물끄러미 쳐다보더니 물었다.

"정말 연아가 그런 말을 했나요?"

"네."

자신있게 말하는 천서영의 모습에서 재중은 뒤늦게 천서영의 성격이 왜 이렇게 갑자기 바뀌었는지 눈치챌 수가 있었다.

"훗, 그럼 이번 MT는 가는 걸로 하죠."

천서영을 뒤에서 조종하는 사람이 누군지 알아버렸기에 어쩔 수 없이 가기로 결정했다.

유일하게 재중에게 잔소리하면서 영향을 줄 수 있는 사람, 바로 연아였다.

재중이 한창 바쁜 몇 달 동안 연아가 천서영을 단단히 세뇌시킨 것이 확실했다.

캐롤라인도 브라질로 돌아간 상태에서 현재 연아에게 유일한 희망은 바로 천서영뿐이었으니 아마 조바심이 난 듯 보였다.

캐롤라인은 시우바 회장의 부름을 받아 어쩔 수 없이 간 것이기에 조만간 돌아올 것이다.

하지만 연아는 재중의 곁에 있던 캐롤라인과 천서영 두 사람 중에 한 명이 빠지자 이대로 됐다가는 정말 재중이 죽을 때까지 결혼을 하지 못하거나, 아니면 베트남 여자와 결혼할 수도 있다는 생각에 결단을 내린 것이다.

천서영을 달달 볶아서 재중에게 대시하도록 말이다.

천서영의 입장에서도 만약 재중과 결혼하게 된다면 시누이가 될 연아가 이렇게까지 적극적으로 자신을 밀어주자 용기를 내는 것은 당연했다.

그리고 재중은 앞으로의 대학 생활에 귀찮은 일이 많이 생길 것 같다는 예감을 했다.

재중의 가장 큰 약점인 연아가 천서영을 조종하고 있으니 말이다.

반면 천서영은 드디어 재중이 자신의 부탁을 들어주었다는 것에 속으로 한껏 좋아했다.

하지만 천서영의 그 기쁨은 불과 하루 만에 막을 내렸다.

다음 날, 잔뜩 풀이 죽은 천서영이 재중에게 다가왔다.

"재중 씨……."

재중은 그동안 자신 앞에서만큼은 웃는 얼굴을 보여주던 천서영이 풀이 죽어 있기에 의아해 물었다.

"왜 그러죠?"

"MT가… 취소되었어요."

"그래요?"

기대가 컸던 천서영은 실망이 가득했고, 억지로 가야 했던 재중은 그저 홀가분할 뿐이다.

그런데 MT는 웬만해서는 취소되는 일이 없기에 재중이 궁금해 이유를 물었다.

"체육대회가 갑자기 앞당겨져서 지도 교수님이 모든 MT를 취소했나 봐요."

"체육대회라……."

불현듯 재중은 천서영이 MT 가자고 했을 때보다 더욱 불안한 느낌이 들었다.

"모든 학생이 한 종목이라도 무조건 출전하라는 학원장님의 명령이 있었다고 하네요."

"네?"

뜬금없는 말에 재중이 되물었다.

"여학생은 최대한이지만 남학생은 무조건 한 종목이라도 출전 안 하면 F학점을 준대요."

"……"

설마 체육대회를 가지고 학점을 걸 줄은 몰랐던 재중은 자신의 불안한 느낌이 왠지 점점 현실이 되어가는 것을 느낄 수가 있었다.

"체육대회는 어차피 강제성이 없지 않나요? 그런데 왜 굳이 학점까지……?"

"저희 S대가 공부만 하는 약골 이미지가 강해서 그걸 좀 없애 버리고 싶은가 봐요. 이번 학장님이 너무나 학교를 사랑하는 분이라……. 아무튼 재중 씨도 어떤 종목이든 한 가지는 무조건 출전해야 할 거예요."

"쩝."

학교에 묶여 있는 이상 학장의 명령은 재중에게도 절대적일 수밖에 없었다.

학교를 때려치우거나 학점 F를 받을 각오가 있지 않는 이상은 말이다.

천서영에게서 그 말을 듣고 얼마 뒤, 남은 강의를 듣기 위해 강의실로 돌아온 재중에게 처음으로 과대표가 찾아왔다.

"저기, 재중이 형."

"응?"

사실 과대표라면 나이는 대충 어떻게든 맞먹을 수도 있을 텐데 재중의 나이를 생각하면 형이라고 불러주는 것도 나름 최대한 타협을 본 것이다.

"저 과대표인 박형석인데요, 이렇게 이야기하는 거 처음이죠?"

"그러네. 반갑다."

과대표인 박형석은 혹시나 그동안 몇 달이 지나도록 과에서 아무도 자신을 찾지 않는 것에 재중이 화가 나 있으면 어쩌나 하는 생각에 긴장하고 있었다.

하지만 예상했던 것과 달리 재중은 전혀 아무렇지도 않은 표정이다.

덕분에 긴장했던 박형석의 표정이 풀리면서 대화가 쉽게 진행되었다.

"재중이 형, 혹시 소식 들으셨어요?"

"뭐? 체육대회 한다는 거?"

"어? 아시네요?"

"응. 조금 전에 들었어."

"그래요? 누구……. 아, 서영 선배한테서 들으셨구나?"

이미 S대에서 천서영은 재중만 바라보는 한 떨기 민들레였다.

재중 같은 아웃사이더가 체육대회 소식을 들었다고 하자 과대표인 박형석도 바로 천서영을 떠올렸다.

불과 몇 달 동안의 일이지만 천서영의 존재감을 생각하면 어쩌면 당연했다.

그녀의 복학 소식에 학교 전체가 술렁였을 정도였으니 말이다.

"그래서 재중이 형도 어떻게든 체육대회 때 어떤 종목이든 이름을 올려봐야 할 것 같아서요."

"그래? 음, 빈자리 있어?"

사실 박형석도 재중이 꼭 뛰어주기를 바란 것은 아니었다.

이야기한 적도 이번이 처음일 만큼 워낙에 재중이 사람들과 대화가 아예 없었으니 말이다.

하지만 학장의 명령으로 명단을 올릴 때 무조건 한 명도 빠짐없이 이름이 올라가지 않으면 대표로 과대표에게 어떤 과목이든지 무조건 하나는 F를 준다고 하니 어쩔 수가 없었다.

"음, 지금 다른 건 거의 다 찼는데요, 축구랑 마라톤이 비어 있어요."

"축구와 마라톤?"

다른 종목은 이미 과에서 알아서 자기들끼리 나눠 가진 상태였다.

그런데 축구와 마라톤이 아직 자리가 남은 것은 바로 그 종목의 특성 때문이었다.

마라톤은 누구라도 싫어하는 종목이니 당연했고, 축구는 경기 시간 때문이었다.

3시부터 시작하는데 그 시간이면 가장 햇볕이 강하고 몸에 힘이 빠져서 피곤할 시간이다.

거기다 S대의 특성상 운동부 애들 빼고는 대부분 몸을 움직이는 것을 그다지 좋아하지 않는 편이었다.

그런데 전후반 45분, 무려 총 90분을 땡볕에 뛰어다닌다고 생각하면 생각만으로도 고개가 저절로 저어지는 것은 당연했다.

"저기… 마라톤은 역시 형에게 좀 무리겠죠? 그럼 축구 어떠세요? 교체 선수로 우선 넣어둘게요."

"그래?"

재중은 마라톤도 괜찮고 축구는 이미 브라질에서 많이 해본 것이라 괜찮았기에 뭘 할까 잠시 고민하고 있었다.

그런데 과대표인 박형석은 재중의 나이 때문에 체력적인 면을 고려해서 고민 끝에 생각해서 정해준 것이다.

덕분에 재중은 축구 교체 선수로 이름을 올릴 수가 있었다.

보기에는 20대 초반의 외모지만 워낙에 교내에 재중의 나이가 많이 퍼져 있다 보니 재중을 보는 사람들은 모두 서른네 살이라는 선입관을 가지고 보게 되었다.

그 결과 재중은 동안 외모지만 나이 많은 중년으로 인식되어서 지금처럼 약간의 이득을 보게 된 것이다.

"훗, 어차피 운동부 애들 잔치가 되겠지."

S대도 하버드처럼 운동 특기생을 많이 뽑는 편이다.

그리고 매번 체육대회를 할 때마다 누가 정하지도 않았는데 경기는 운동부가 대부분 뛰고 응원은 일반 학생들이 하는 것이 정석이 되어버렸다.

그런데 이번 학장이 S대 출신으로 그런 것을 너무나 싫어해서 억지로라도 체육대회에 참석하라는 의도로 명령을 내렸다.

하지만 지금 잠깐 살펴본 재중의 눈엔 아마 학장의 명령에도 불구하고 이름만 올리거나 아니면 잠깐 들어갔다 나가는 꼼수를 쓰는 경우가 대부분이고 나머지는 모두 운동부의 잔치가 될 것이 분명해 보였다.

기본적으로 오랫동안 운동을 했던 운동 특기생들과 공부만 하던 일반 학생들이 같이 운동장을 뛴다는 것 자체가 누가 봐도 말도 안 되는 상황이니 말이다.

그저 학장의 고집 때문에 애꿎은 학생들만 고생할 것이 뻔했다.

"위에 있는 머리 굳은 늙은이들 생각하는 게 뻔하지."

재중은 대륙에서 굳은 머리로 백성이 죽어가거나 말거나 탁자에 모여 앉아 말싸움하던 귀족들과 지금 황당한 명령을 내린 학장을 같은 부류로 취급했다.

천천히 단계별로 시도해도 될까 말까 한 것을 그저 학장의 권력을 내세워서 우격다짐으로 밀어붙여 봐야 결국 실패할 것은 뻔했다.

태어나서 공부만 해온 녀석들의 굳은 머리를 바꾸기에는

이미 늦은 감이 있었다.

*　　　*　　　*

―마스터!

"응?"

집으로 돌아온 재중은 아직 카페가 마치려면 시간이 남았기에 혼자만의 시간을 즐기면서 여유있게 커피를 마시고 있었다.

그런데 그때, 테라가 호들갑을 떨면서 그림자에서 튀어나왔다.

―알아냈어요! 이것의 정체를요!

뭐가 그렇게 기쁜지 볼에 붉게 홍조까지 띤 테라가 보여준 것은 신승주의 집에서 받은 쟁롯이었다.

"이건 쟁롯이잖아?"

―네, 마스터.

마족의 기운이 느껴짐에도 불구하고 형체를 남긴 채 죽은 것처럼 보이는 미라.

특이한 형태 때문에 테라에게 넘겨주긴 했지만 사실 재중도 잊고 있었다.

―마족의 흔적이 확실해요, 마스터.

"마족의 흔적? 시체가 아니라?"

처음에 마족의 기운이 느껴지는 것이 특이해서 시체라고 생각했는데 테라가 흔적이라는 표현을 썼다.

재중이 의아해 되묻자 테라가 바로 답했다.

—마족은 정신력이 강해서 육체를 이룬 정신체 존재예요. 그러니 절대로 시체가 남을 수는 없는 게 맞아요.

"그런데?"

—하지만 단 하나 예외가 있어요, 마스터.

"예외?"

—네. 만약 마족이 빙의한 존재가 있는데 마족보다 더욱 강한 존재가 인간이나 다른 것에 빙의된 마족을 한순간에 죽였을 경우 이처럼 흔적이 남게 되는 거죠.

"…마족보다 강한 존재에게 한순간에 죽음을 당한다…….그게 가능할까?"

재중은 마족을 상대해 본 경험이 있기에 테라의 말에 고개를 흔들었다.

마법이나 드래곤, 아니, 최소한 드래고니안이라는 종족을 초월한 괴물 같은 놈들이 있던 대륙이라면 가능할지도 몰랐다.

하지만 지구에서 마족이 빙의된 존재를 한순간에 죽인다? 과연 그게 가능할지 의심부터 들었다.

―마스터, 어쩌면 가능할지도 몰라요.

"응?"

재중의 부정적인 말에 테라가 조용히 의미심장한 표정으로 말했다.

―전에 크루즈에서 아이린이 했던 말 기억하세요?

"아이린?"

갑자기 아이린에 대해서 이야기를 꺼내자 재중은 고개를 갸웃거렸다.

―전에 아이린이 마스터의 무력을 보고 현경이라고 한 것 기억나시죠?

"응? 아, 그거? 뭐, 그랬지. 그런데 그게 왜?"

재중은 딱히 신경 쓰지 않고 있었기에 기억 저편에 있는 이야기이다.

화경이니 현경이니 하는 것은 어차피 아무런 의미가 없었으니 말이다.

외모만 인간일 뿐 재중은 드래곤이었다.

인간의 무공 수준의 단계는 무의미했다.

그런데 테라는 그게 아닌 듯한 눈빛으로 재중을 가만히 쳐다보면서 말했다.

―아무래도 완전 소설 속의 이야기만은 아닌 것 같아요, 마스터.

"응? 그게 무슨 말이지?"

─전에 오룡의 머릿속에서 나온 고독 때문에 제가 쟁룟을 살펴보면서 생각을 살짝 바꿔봤거든요. 그리고 지구의 모든 자료를 찾아봤어요, 마스터.

"그래?"

─그리고 놀라지 마세요. 굉장한 숨겨진 자료를 하나 찾아냈어요.

"숨겨진 자료라니?"

이 대목에서 테라의 표정이 더욱 흥분되어 가는 것에 재중도 묘한 기대 심리가 생기기 시작했다.

─혹시 마스터는 주원장이라는 인물을 아세요?

"주원장? 명나라 태조 말이야?"

─네, 마스터. 바로 그 주원장 말이에요.

주원장은 아마 알 만한 사람은 다 알 것이다.

명나라를 세운 태조이고, 중국 역사상 한 개인으로 그토록 중국의 역사에 많은 영향을 끼친 인물이 없다고 지금도 자신 있게 말할 수 있는 사람이 바로 주원장이니 말이다.

참고로 주원장은 본래 도적과 같이 먹고사는 환경에서 자랐다.

생각해 보라.

귀족과 평민의 구분이 엄격한 대륙만큼이나 계급으로 인

간의 가치를 결정하던 곳이 바로 과거 중국이고, 그런 중국에서 평민보다 못한 최하층민이 바로 도적이다.

그런데 그런 출신의 주원장이 명나라를 건국한 태조가 되었다.

거기다 지금도 중국 역사를 조금이라도 아는 사람은 단연 주원장을 중국 역사상 가장 영향력을 끼친 인물로 꼽는다. 그것에 조금의 반론도 없을 만큼 개인이 중국의 역사를 흔들었다고 해도 과언이 아닌 인물이다.

그런데 갑자기 테라가 그런 주원장을 언급하자 당연히 의문을 가질 수밖에 없었다.

"주원장이 왜?"

—아이린을 통해서 중국의 고서들을 수집하던 와중에 이걸 발견했어요.

그리고 테라가 꺼낸 것은 대나무가 잘게 쪼개진 채 끈으로 묶어서 연결한 것이었다.

"이건?"

재중은 테라가 준 것을 탁자에 펼치자 비로소 무엇인지 알수가 있었다.

"죽간이잖아?"

죽간이란 종이가 발견되기 이전에 사용하던 것으로 일명 대나무 종이다.

죽간을 만들려면 우선 대나무의 마디를 잘라낸 다음 마디 사이의 부분을 세로로 쪼개야만 했다.

그리고 이렇게 만들어진 대나무 패를 불에 쬐어 기름을 뺀다.

이것은 글씨를 쓰기 좋게 하고 벌레 먹는 것을 방지하기 위해서는 필수적으로 해야만 하는 작업이다.

그리고 길이 20~25㎝, 너비는 불과 몇 1㎝로 한 줄밖에 못 쓰기 때문에 여러 장을 합쳐서 가죽, 또는 비단으로 된 끈으로 편철(編綴:엮어서 묶는 것)을 한다.

이와 같이 몇 장의 간(簡)을 편철한 것을 책(策), 또는 책(册)이라고 불렀다.

사실 죽간은 그 실물이 20세기에 들어와서 중국 북서쪽 볜징[邊京]에서 유럽의 학술탐험대에 의해 한대(漢代)의 것이 발견되면서 세상에 알려지게 되었다.

그리고 1951년 이후 후난성[湖南省] 창사[長沙] 등지에서는 그 이전인 전국시대의 죽간도 잇달아 발견되기도 했지만 생각보다 많은 양은 아니었다.

또 죽간을 모방해서 만든 목간(木簡)도 사용되었는데, 이것을 찰(札), 또는 첩(牒)이라고 불렀다. 중국의 북서쪽 볜징에서 발견된 것은 거의 목간이었으며, 약(藥)의 처방전(處方箋) 등이 적혀 있는 죽간이 약간 포함되어 있었다.

한마디로 종이가 발명되기도 전인 2세기 전부터 쓰던 것이 바로 죽간인 것이다.

워낙에 만드는 방법도 복잡하고 어렵고, 거기다 기껏 만들어도 몇 자만 쓰면 한 쪽이 가득해지니 귀할 수밖에 없었다.

일례로 과거 한국이나 일본의 책을 보면 글이 위에서 아래로 쓰는 방식이 대부분이다.

그런데 그 방식이 바로 대나무를 쪼개 대를 엮어서 만든 죽간의 특성상 한 줄로 위에서 아래로 쓰다 보니 그게 종이가 나와도 이어진 것이라는 설도 있다.

단, 죽간이 좋은 점도 있는데 종이보다는 보관이 용이하고 오래간다는 것이다.

"이건… 무공서?"

재중은 테라가 준 죽간을 읽어보고는 놀랄 수밖에 없었다.

바로 무협 소설에서나 전해지는 무공서였으니 말이다.

그것도 평범한 무공서가 아니었다.

"천황무(天皇武)……."

뭔가 황당했다.

무공서라니, 그것도 죽간으로 만들어진 진짜 과거 중국의 무공서다.

하지만 그저 놀라기만 하기에는 실체가 눈앞에 있었다.

눈앞에서 실물을 확인하자 과연 무협 소설이 그냥 소설가들의 상상이 시작이었을까 하는 의문이 저절로 들었다.

그리고 천황무의 가장 마지막에 재중에게 익숙한 글자가 보였다.

Chapter 09
진짜 무공서?

재중귀환록

"단군왕검(檀君王儉)이라······. 쩝, 이거 엄청난 거였네."

일반 사람들이 알고 있듯 단군왕검은 사람의 이름이 아니다. '단군'은 제사를 주관하는 제사장인 종교 지배자를 뜻하고, '왕검'은 정치를 주관하는 정치적 지도자를 뜻하는 말이다.

즉 지금으로 말하자면 단군왕검은 황제인 것이다.

역대 중국이든 어디든 황제가 나라에 큰일이 있을 때 직접 나서서 제를 올리거나 제사를 지내는 것도 모두 이때 유래되었다는 설이 유력했다.

그 말은 지금 재중이 보고 있는 죽간이 과거 고조선 시대의 기록을 옮겨 적은 죽간이라는 뜻이다.

고조선 때에는 상형문자를 썼으니 말이다.

─마스터, 여기에 쓰인 무공, 진짜예요.

"실험해 봤구나?"

─헤헤헤, 제가 누구예요. 드래곤의 마도서예요. 지식을 기록하는 것이 제 존재의 이유니까 당연하죠. 그보다 천황무를 완벽하게 익혀서 끝에 다다르면 어떻게 되는지 아시게 되면 아마 더 놀라실 걸요?

"……?"

재중이 말없이 테라를 쳐다보자,

─호호호호, 그 뭐더라? 생사경인가? 그것보다 한 단계 위의 무력을 가지게 돼요. 이건 제가 직접 계산해 본 결과니까 오차율이 거의 없다고 자부합니다, 마스터.

고개를 치켜든 테라의 모습이 귀여워 재중이 피식 웃자,

─놀랍지 않으세요? 수치상으로 보면 천황무를 끝까지 익혀서 완성하면 드래곤을 상대로도 이길 수 있는 인간이 되는 거예요.

"드래곤도?"

생사경이니 뭐니 하는 것은 이야기 속의 표현이라고 생각했기에 재중은 깊게 생각하지 않았다.

하지만 테라는 드래곤의 마도서답게 천황무의 모든 데이터를 조합해서 자신이 알고 있는 최강의 종족, 바로 드래곤과 비교를 해보았다.

그런데 놀랍게도 천황무를 끝까지 완성하면 드래곤을 상대로도 절대로 밀리지 않는다는 데이터가 나온 것이다.

그것도 인간이 말이다.

테라는 드래곤이 만든 마도서이기에 당연히 테라가 인정하는 최강의 존재는 바로 드래곤이었다.

그런데 그런 드래곤을 상대로 밀리지 않는다니, 아니, 데이터였기에 변수를 생각한다면 드래곤을 상대로 이기는 것도 결코 불가능하지 않는다는 결론이 나오자 당연히 흥분할 수밖에 없었다.

─그리고 지금 제 데이터가 거짓말이 아니라는 증거 기록까지 있어요.

재중은 테라의 말에 곧바로 주원장이 머릿속에 스치고 지나갔다.

"설마 주원장이… 천황무를 익혔다는 거니?"

─딩동댕!

테라는 맑은 목소리로 경쾌하게 대답하고는 설명 대신 한 권의 책을 꺼내 형광펜으로 표시한 곳을 읽어보라고 했는데 그 내용이 이러했다.

주원장은 하루 한 끼도 먹기 어려운 생활을 견디다 못해 승려가 되기로 결심하고 황각사라는 절에 들어갔지만, 절이라고 끼니가 충분할 리 없었다.

두 달 만에 그는 탁발승이 되어 여기저기를 떠돌아다니는 생활을 할 수 밖에 없었는데, 사실상의 거지와 다를 바 없는 생활을 4년 더 하게 된다.

하지만 난세란 특별한 절망과 함께 희망도 주는 법. 1351년에 백련교도를 주축으로 한 '홍건적'이 봉기하고 양자강 일대가 이들의 세력권이 되면서 '망할 놈의 세상을 한번 뒤집어보자'는 민중의 목소리가 본격적으로 높아지면서 민란이 일어났다.

그리고 주원장도 이 시류에 동참하여 안휘성에서 봉기한 홍건적 곽자흥의 수하로 들어간다. 이후 별 볼 일 없는 탁발승인 줄만 알았던 주원장의 숨은 재능이 두각을 나타내기 시작해서 몇 년 안 되어 곽자흥 군의 2인자 위치까지 올라간다.

곽자흥의 양녀인 마(馬)씨 처녀와 혼인도 치렀는데, 그녀는 후일 지혜롭기로 유명한 마황후로서 주원장의 정치에 많은 도움을 준다.

언뜻 보기에는 그냥 별거 아닌 것 같다.

그런데 그걸 읽어본 재중은 뭔가 이상하다는 것을 느꼈다.

─마스터도 눈치채셨죠?

"…특별한 것 없는 승려가 갑자기 홍건적 광자홍의 수하로 들어가 두각을 나타낸다? 이게 가능할까?"

─아니요. 절대로 불가능해요. 그리고 주원장이 살았던 당시는 사람 목숨이 파리 목숨보다 못하던 시절이었어요. 그런데 그런 시절에 그저 빌어먹던 탁발승을 가장한 거지가 갑자기 홍건적에서 두각을 나타낸다? 상식적으로 불가능하죠.

"그럼 주원장이 들어간 황각사라는 절이… 핵심이겠구나."

─딩동댕! 맞아요. 그리고 그 황각사가 있던 산에서 발견한 것이 바로 이 천황무가 쓰인 죽간이거든요.

"역시……."

테라의 말을 들어보면 마치 톱니가 맞물려 돌아가듯 모든 것이 연결된다.

어린 주원장의 인생의 전환점은 바로 황각사에서 만난 천황무가 확실했다.

그리고 이 천황무가 고조선 시절 역대 단군왕검들이 배우고 익힌 것이 확실한 이상 과거 신으로까지 불리면서 목소리만으로 하늘을 나는 새도 떨어뜨린 그들의 무력을 생각하면 결코 약한 무공서가 아닐 것이다.

만약 테라의 추측대로 주원장이 천황무를 익혔다면, 그것을 숨기고 홍건적에 뛰어들어 숨겨온 무력을 조금만 밖으로 보여주고 자신의 입지를 단단히 하면서 결국 명나라를 세운 태조가 되었을 것이 분명했다.

하지만 주원장이 엄청난 업적을 많이 남기기도 했지만 후대에는 그다지 평판이 좋지 않았다.

그것은 바로 끊임없이 피바람을 일으켜 수많은 신하를 죽였기 때문이다.

그냥 고문을 해서 제정신이 아닌 상황에 자백한 것을 증거로 역모를 꾀했다고 다 죽여 버릴 정도였다.

인간 백정이 따로 없을 만큼 많은 사람을 죽였기에 좋은 황제는 아니다.

그런데 역사를 보면 좀 이상한 점도 많았다.

주원장은 왕이 된 이후 어느 날 갑자기 부하를 의심하고 거슬리면 다 죽이기 시작했다는 것이다.

─마스터께서도 대충 알 것 같죠?

재중은 주원장의 기록을 보다가 갑자기 변한 주원장의 모습에서 한 가지 추측이 가능했기에 고개를 끄덕였다.

인간의 성격이 갑자기 극과 극으로 변할 정도로 심각한 상황까지 몰렸다면 분명히 그것에 상응하는 이유가 있으니 말이다.

그리고 재중은 그것이 천황무과 관련이 있는 것처럼 보였다.

"천황무의 힘이 갑자기 사라졌을 가능성이 많아."

—딩동댕~ 역시 마스터는 저의 생각을 잘 이해하신다니까요. 맞아요. 제가 비밀리에 중국의 숨겨진 역사서를 살펴보니까 이때 갑자기 미친 사람처럼 모든 것을 의심하기 시작했다고 되어 있어요. 하물며 서로 등을 맡긴 부하까지 말이죠.

"그럼 거의 확실하네. 천황무의 힘이 어떤 이유인지 모르지만 주원장에게서 사라진 거야. 대륙에서도 소드마스터가 갑자기 마나를 잃어버리면 혹시나 그동안 소드마스터로 있을 때 죽였던 사람들과 그 공포를 그대로 되돌려 받을까 봐 전전긍긍하던 녀석이 제법 있었잖아. 주원장과 너무나 똑같아. 판박이처럼 말이야."

테라는 재중이 자신의 생각을 모두 알아차리자 또다시 질문했다.

—그럼 주원장의 몸에서 천황무가 왜 사라졌을까요? 궁금하지 않으세요?

씨익~

—네? 벌써 아신 거예요?

테라는 이것은 재중이 조금 고민할 것 같다는 생각에 일부러 가장 마지막에 질문했는데 오히려 먼저 알고 있는 재중이었다.

"천황무는 살인을 위한 무공이 아니니까 그렇겠지. 과거 고조선의 단군왕검들은 하늘에 제를 지내는 제사장이며 동시에 정치를 하는 왕이었어. 그런데 그런 사람들이 익힌 무공인 천황무가 과연 자신의 이익을 위해 무차별로 살인을 하는 무공일까? 난 아니라고 보는데. 그리고 어떤 이유인지 모르지만 천황무에는 안전장치도 있는 것 같단 말이야."

─죽은 자의 원한이 하늘에 닿으면 그동안의 천황무가 모두 사라지는 것 말이죠?

"그래."

─후후훗, 역시 마스터와 이야기하는 게 가장 재미있어요. 호호호훗!

테라는 역시나 재중을 마스터로 선택하길 잘했다는 만족스런 모습이다.

"그런데 이건 과거잖아."

잠깐 과거 이야기로 인해 샛길로 빠지긴 했지만 과거의 이야기일 뿐이다.

주원장은 이미 죽어서 백골로 사라진 인물이니 말이다.

그런데 이제 와서 이게 지금 상황과 무슨 연관성이 있는지 궁금해서 물었다.

―천황무가 완벽하진 않지만 아직도 비밀리에 이어오고 있다면 어떻겠어요?

　"응? 천황무를 잇는 자들이 있단 말이야?"

　말이 천황무지 실제로는 단군왕검의 증거를 이어오고 있는 사람들이라고 해도 과언이 아니다.

　단군왕검이 익힌 무공이 바로 천황무이니 말이다.

　"어디지?"

　재중이 즉각 반응하자 테라는 싱긋 웃으면서 답했다.

　―키르키스탄에 있는 이식쿨 호수라는 곳이에요.

　"키르키스탄? 이식쿨 호수?"

　키르키스탄은 중국과 가장 가깝게 붙어 있기도 하고 텐산산맥(중국에서는 천산산맥)과 이어지는 곳이기도 하다.

　특이한 것은 이식쿨 호수는 하구가 없었다.

　즉 아무리 연못이라도 물이 들어온다면 당연히 넘치게 되고, 그럼 물이 빠져나가는 하구가 있어야만 한다.

　이식쿨 호는 가로로 182㎞, 세로로 60㎞, 표면적은 6,236㎡로 607m의 높이에 위치해 있고 호수 깊이는 668m(2,192피트)나 되는 거대한 크기로 이름만 호수지 사실 호수라고 부르기엔 너무나 거대했다.

　그런데 이런 큰 호수에 하구가 어디에도 없었다.

　그리고 특이하게 매년 물의 높이가 5㎝씩 낮아지고 있기까지 했다.

이 말은 눈에는 보이지 않지만 이식쿨 호수의 바닥 어딘가에 물이 빠져나가는 하구가 있다는 것이다.

물론 추측일 뿐이지만 말이다.

"가자."

재중은 일말의 망설임도 없이 곧바로 일어서서 가려고 했다.

하지만 테라는 그런 재중을 막아섰다.

—마스터, 지금 당장은 가봐야 그들에게 마스터는 원하지 않는 방문자, 아니면 적일 뿐이에요.

"쩝."

천황무와 단군왕검이 관련 있다 보니 순간 자신도 모르게 살짝 흥분한 재중이었다.

단순한 호승심일 수도 있겠지만, 드래곤이 된 재중에게 세상의 모든 것이 지루함의 연속이었으니 말이다.

그런데 갑자기 천황무가 나타난 것이다.

완전하게 익힌다면 드래곤도 이길 수 있는 무공이라는 데이터가 재중의 호기심과 함께 그동안 지구 생활에 잠들어 있던 잠재된 투쟁 본능까지 끌어 올린 셈이었다.

하지만 곧 재중은 테라의 말을 듣고 정신을 차렸다.

지금 자신은 천황무를 잇는 자들에게는 그저 알지 못하는 강한 적일 뿐이다.

군이 서둘러서 화를 자초할 필요는 없었다.

─정말 마스터는 이럴 때 보면 역시 드래곤인 것 같기도 해요.

"응?"

─원래 드래곤들은 궁금하거나 알고 싶은 것을 보면 그 호기심 때문에 때로는 황당한 행동을 자주 하거든요.

"…그럴지도."

테라의 말이 아니라도 재중도 깨닫고 있었다.

재중이 이렇게까지 흥분한 것은 언제였는지 기억도 나지 않을 정도로 오래전이다.

그런데 지금 이렇게 흥분한 것은 확실히 신선한 기분이긴 했다.

─하지만 마스터, 실망할 필요는 없어요. 지금 그들에게 마스터는 이방인일 뿐이지만 이방인이 아니게 하면 되니까요.

"내가 군이 천황무를 배울 필요가 있을까?"

잠시 생각에 잠겨 있던 재중은 테라가 말하는 것이 뭔지 깨닫고 되물었다.

지금 무력도 사실 스스로가 감당하기 벅찬 상태였다.

그래서 스스로 봉인하고 힘을 쓰지 않는 상황인데, 여기서 천황무까지 새로 익힐 필요가 있느냐는 뜻으로 물은 것이다.

─궁금하지 않으세요? 과거 고조선 시대 단군왕검의 증거인 천황무를 잇고 있는 사람들의 존재가요. 네? 네? 네?

"…끄응."

마치 재중의 약점을 가지고 장난치듯 계속 자극하자 결국 재중이 항복했다.

"알았다. 배워야겠군. 나도 궁금하니까."

결국 재중은 테라의 부추김도 한몫했지만, 스스로의 호기심과 궁금함을 이기지 못하고 항복하고 말았다.

드래곤까지 된 마당에 천황무라는 힘을 얻기 위해서 수련을 해야 한다는 것이 내키지는 않았다.

하지만 천황무를 잇는 사람들에게 다가가려면 어쩔 수 없이 익혀야 했다.

천황무가 그들에게는 적이 아니라는 증거이니 말이다.

─언제부터 익히실 거예요? 산에 들어갈까요, 아니면 무인도 하나 알아볼까요? 뭐 산삼이라도 캐요?

"그런데 왜 테라 네가 더 흥분하는 거야?"

재중이 천황무를 익힌다고 하자 테라는 급 흥분해서 수련 장소로 괜찮은 곳을 원하는 곳이 있으면 알아보겠다면서 호들갑을 떨기 시작했다.

그리고 그런 테라의 모습을 가만히 지켜보던 재중이 조용히 말했다.

"테라."

─네? 네, 마스터. 말씀하세요.

"너 나를 통해서 천황무의 정확한 데이터를 얻으려는 속셈이지?"

뜨끔!

순간 재중의 말이 가슴에 정확하게 찔렸는지 테라의 호들갑 떨던 행동이 일순간 멈춰 버렸다.

─호호호호호! 왜 그러세요? 제가 어떻게 마스터를 상대로 실험 데이터를 뽑는다는 그런 말도 안 되는 상상을 하시는 거예요? 아니에요. 절대로. 전 오로지 마스터께서 천황무를 익혀서 지금까지 천황무를 잇고 있는 자들을 만나서 궁금함을 풀길 바라는 마음뿐이에요. 호호호호호!

"웃음소리 크다, 테라."

뜨끔.

─호호호! 마스터, 전 이만 수련하기 좋은 곳 알아보러 갈게요.

재중이 계속 정곡을 찌르자 결국 테라는 재중의 그림자 속으로 사라져 버렸다.

"에휴, 갈수록 통제하는 게 힘들어지는구만, 테라 녀석은."

확실히 테라는 재중이 원하는 대로 자유롭게 뭔가를 자꾸 배우고 익히면서 적응하긴 했다.

문제라면 그게 너무 빠르고 거침없다는 것이다.

동시에 통제가 점점 어려워진다는 것도 있었다.

"흑기병."

스윽~

재중이 흑기병을 부르자 테라가 사라진 재중의 그림자에서 흑기병이 모습을 드러냈다.

―네, 마스터.

"저 녀석, 무슨 사고 칠지 모르니 좀 지켜봐라."

―네, 마스터. 하지만 제 생각에는 테라 녀석이 경솔하긴 하지만 마스터에게 걱정을 끼칠 만큼 생각이 없지는 않습니다.

"……."

재중은 흑기병도 갑자기 자신의 의견을 말하자 가만히 쳐다보다가 물었다.

"너 요즘 책 읽냐?"

―네. 요즘 책을 보고 있습니다.

"아, 역시. 그래, 잘했다. 하지만 테라 녀석이 지금 흥분해 있으니까 감시의 눈길은 거두지 마라."

―네, 마스터.

그리고는 흑기병이 사라지자 재중이 천천히 의자에 앉으면서 한숨을 내쉬었다.

"이게 자식이 커가는 것을 지켜보는 부모의 마음인가?"

지금 테라를 보면 기어 다니다가 걷기 시작하면서 온갖 사고를 치고 다니는 미운 네 살이 떠올랐다.

아니, 무서운 네 살일지도 몰랐다.

한 번 사고를 치면 이건 감당할 사람이 재중뿐이었으니 말이다.

"뭐 그건 그거고, 그보다 이게 문제군."

재중은 테라고 놓고 간 죽간, 즉 천황무를 다시 살펴보고는 모조리 암기했다.

드래곤의 기억력은 한 번 암기한 것은 잊지 않는다.

덥석.

재중은 암기가 끝나자 죽간을 집어 들어 자신의 그림자를 향해 던졌다.

쑤욱~

그러자 놀랍게도 죽간이 재중의 그림자 속으로 사라져 버렸다.

"테라."

―네, 마스터.

재중이 부르자 그림자에서 얼굴만 살짝 내민 테라가 대답했다.

재중은 잠시 테라를 쳐다보다가 한숨을 쉬면서 말했다.

"이왕이면 무인도로 해라. 혹시라도 모를 사고에서 최대한 안전하게 말이야."

─네, 마스터.

쏘옥~

대답과 함께 다시 그림자 속으로 모습을 감춰 버린 테라였다.

그런데 암기를 해서 그런지 자꾸 천황무의 무공 구결이 머릿속에 맴돌았다.

자꾸 떠도는 구결에 재중은 그냥 한 번만 시험 삼아 해보자는 생각이 들기 시작했다.

"천황무라……. 쩝, 궁금하긴 하네. 하지만 여기서는 안 되지."

결국 호기심을 이기지 못하게 된 것이다.

문제는 재중 스스로도 자신이 왜 이렇게까지 천황무에 신경이 쓰이는 것인지 이유를 모른다는 거였다.

재중은 무의식적으로 머릿속의 무공 구결을 따라 마나를 움직이려다가 멈추고는 이동하기로 했다.

무공이라는 것을 배워본 적이 없는 재중에게 어떤 변수가 생길지 모른다.

재중의 무력은 조그마한 변수 하나에도 지금 살고 있는 3층 짜리 목조건물 정도는 가볍게 날려 버릴 수 있으니 본능적으로 멈춘 것이다.

Chapter 10
2차 각성

재중귀환록

"여기면 되려나?"

재중이 모습을 드러낸 곳은 서해안의 수많은 섬 중 하나였다.

"음, 이 정도면 주변에 섬도 없고 지나가는 배도 없겠지?"

워낙에 육지에서 멀고 물 한 방울 나오지 않는 무인도였다.

당연히 사람의 그림자는커녕 지나가는 배조차도 재중의 감각에 걸리는 것이 없는 곳이었다.

여기라면 혹시라도 모를 변수가 생겨도 피해를 최소한으로 할 수 있겠다는 판단이 섰다.

재중은 곧바로 가부좌를 틀고는 섬의 정중앙 커다란 바위 위에 앉더니 눈을 감고 천황무의 무공 구결에 따라 마나를 움직이기 시작했다.

꿈틀.

'응? 뭐지? 왜 마나가 꿈틀거리기만 하고 마음대로 움직이지 않는 거야?'

그동안 마나를 자신의 생각만으로도 움직이던 재중에게 지금 마나의 거부는 처음 겪는 일이었다.

재중은 낯선 상황에 살짝 당황했다.

'어쭈, 반항한다 이거지?'

계속 천황무의 무공 구결대로 마나를 움직이려고 했지만, 역시나 꿈틀거리기만 할 뿐 이상하게 더 이상 진전이 없었다.

그리고 그렇게 서너 시간을 계속 움직이지 않는 마나와 씨름을 하다가 결국 눈을 뜬 재중은 혹시나 하는 생각에 평소대로 마나를 움직였다.

"어라? 이건 잘되네?"

신기하게도 평소대로 마나를 사용하자 거침없이 마나가 흐르면서 재중의 명령에 따랐다.

그 모습에서 재중은 뒤늦게서야 뭔가 이상한 것을 찾아냈다.

"내 몸과 관련이 있을지도."

재중의 외형은 인간이다.

하지만 그의 본질은 드래곤이었다.

그리고 언젠가 테라가 재중은 죽으면 드래곤과 같이 자연스럽게 사라져 마나의 품으로 돌아갈 것이라고 말한 적이 있다.

인간이라면 죽어서 시체를 남겨야 할 텐데 재중은 그게 불가능하다는 것이다.

그것은 본질적으로 인간이 익히는 천황무가 맞지 않을 수도 있다는 결론이 나온다.

"이런, 생각지 못한 문제였군."

재중은 잠시 고민했지만 역시나 뾰족한 해결 방법이 없었다.

하지만 해결 방법이 아예 없는 것도 아니었다.

"테라."

ㅡ네, 마스터.

테라가 재중의 부름에 얼굴만 살짝 내밀었다가 주변을 보고는,

ㅡ마스터, 벌써 무인도로 오신 거예요?

재중이 벌써 무인도에 와 있다는 것에 놀란다.

"아무래도 천황무를 익히는 데 심각한 문제가 생긴 것 같다."

─네? 갑자기 그게 무슨 말씀이세요?

불쑥.

재중의 말에 놀란 테라가 그림자에서 용수철 튀듯 튀어나와서는 재중의 앞에 섰다.

─문제라니요? 무슨 문제요?

"바로 내 몸이 문제야."

─네? 그게 무슨 말씀……? 아, 혹시… 그럼…….

테라도 재중의 말을 듣고 뒤늦게 깨달은 듯했다.

─설마 천황무 무공 구결대로 마나가 움직이지 않는 거예요? 그런 거예요, 마스터?

"응. 아무래도 내 본질이 드래곤으로 바뀌어서 그런 것 같아."

─이런. 음, 잠시만요. 마스터의 몸을 좀 살펴봐도 되죠?

"그래."

재중이 허락하자 곧바로 재중의 몸을 만지고 마법으로 스캔하기 시작하는데, 아마 테라가 알고 있는 모든 지식을 총동원해서 재중의 몸을 검사하는 듯했다.

─음, 이건 이렇게……. 아, 이게 바뀌었구나. 그럼 이건 이렇게…….

테라는 허공에 재중의 몸과 비슷한 인간 모양의 푸른색 마나로 만들어진 인형을 만들어내더니 무언가를 인형 안에 채

우면서 수많은 선을 그리기 시작했다.

그렇게 재중의 몸을 살피고 다시 재중을 본뜬 것 같은 크기의 인형에 또 그리기를 몇 번이나 반복했을까?

나중에 완성된 인형을 본 재중은 마치 인체 모형도를 보는 것 같은 느낌을 받았다.

—에휴, 이제 완성했네요.

"이게 다 뭐야?"

인형을 가득 채운 수많은 푸른색과 붉은색의 선, 그리고 그 선이 교차하는 곳과 함께 가장 눈에 띄는 것은 바로 인형의 가슴 정중앙에 있는 푸른색의 주먹만 한 덩어리였다.

—이게 마스터의 마나 로드예요.

"마나 로드라면 마나가 지나가는 길이란 말인데, 뭔가 이상한데?"

재중은 인형을 보자마자 바로 어째서 천황무의 구결대로 마나를 움직였을 때 마나가 꿈틀거리기만 하고 움직이지 않았는지를 알 수 있었다.

한마디로 재중은 천황무의 구결과 반대로 마나를 움직여야 하는 몸이었던 것이다.

본질이 드래곤으로 워낙에 튼튼한 마나 로드를 가지고 있기에 마나가 꿈틀거리다가 말았을 뿐, 사람이었다면 피가 거꾸로 흘러 바로 즉사했을지도 몰랐다.

아니, 분명 그랬을 것이다.

무공 구결대로 마나를 움직이지 않았을 때 발생하는 부작용이 그만큼 위험했다.

본질이 드래곤이 된 재중은 몸속의 마나가 흐르는 길도 당연히 변형되었다.

그러다 보니 인간이 가지는 기가 흐르는 길 중에 없어진 곳도 있고 아예 바뀐 곳도 많았다.

한마디로 천황무를 익히려면 아예 천황무 구결을 모두 파헤쳐서 재중이 익힐 수 있도록 뜯어고치는 수밖에 없었다.

―애고, 아무래도 제가 천황무를 좀 손봐야 할 것 같아요. 마스터에게 맞도록 완전히 새롭게요.

"가능할까? 고조선 시대의 단군왕검들이 사용했던 무공인데 역사가 오래된 만큼 그 깊이도 깊을 거 아니야."

재중은 수천 년 동안 이어져 온 것을 테라가 뜯어고친다고 하자 조금 걱정이 됐다.

하지만 테라는 상관없다는 표정이다.

―어차피 이 천황무도 만든 존재가 있을 거 아니에요? 누군가가 만들었으니 이렇게 이어져 온 것일 테고요. 그럼 제가 하지 못할 이유도 없어요.

"크크큭, 그래, 그렇구나. 그랬어."

재중은 테라의 말을 듣는 순간 막혀 있던 무언가가 열리며 몸 안의 모든 마나가 활화산처럼 솟아오르는 것을 느꼈다.

그리고 자연스럽게 눈이 감긴 재중의 몸이 허공에 떠오르기 시작했다.

—마, 마스터!!

테라가 다급하게 재중을 부르면서 손을 내밀다가 급하게 멈췄다.

—이런, 마스터가… 결국… 결국… 마지막 각성까지 해버렸네. 애고, 이를 어쩌지? 어쩌지?

테라는 지금 재중 몸에서 일어나는 변화를 어느 정도 예상하긴 했다.

다만 일어날 확률이 너무나도 희박해서 거의 논외로 구석에 처박아두었는데, 하필 자신의 말 한마디가 마지막 각성의 열쇠가 될 줄 누가 알았겠는가?

—테라, 무슨 일이지?

흑기병도 재중의 몸에 변화가 있다는 것을 느꼈는지 어둠 속에서 모습을 드러냈다. 재중이 허공에서 푸른색 마나의 품에 싸여 떠 있는 모습을 본 흑기병이 물었다.

—아, 깡통, 마스터께서 결국 마지막 각성을 하신 것 같아.

—그럼… 완전한 드래곤으로서 각성이 끝났다는 말이군.

—그렇지. 애고, 문제는 마지막 각성을 하지 않았을 때도 겨우 봉인해서 제어하는데 마지막 각성을 하게 되면… 어떠

한 봉인도 소용없을 거야. 마스터의 힘을 봉인할 만한 것이 지구에는 없잖아.

테라가 걱정스러운 눈빛으로 말하자 흑기병도 잠시 생각하더니 입을 열었다.

—대륙에도 해츨링 때의 힘을 봉인하는 방법은 있어도 성체로서 각성이 끝난 드래곤의 힘을 봉인하는 방법은 없으니 결국 마찬가지겠지.

—애고, 내가 미쳤지. 거기서 왜 각성에 실마리가 되는 말을 해서. 미쳤지, 미쳤어.

테라는 자기 실수를 되뇌면서 자신의 머리를 계속 쥐어박았지만 이미 늦은 뒤였다.

대륙에서 재중이 드래곤의 피의 각성을 한 것은 엄밀히 말하자면 드래곤이 되는 1단계에 들어선 것이었다.

정확하게 표현하자면 드래곤의 새끼인 해츨링 단계라고 보면 되었다.

다만 피의 각성으로 인한 변화였기에 겉으로 드러나지 않고 마나의 힘과 능력이 믿을 수 없을 만큼 강해지기는 했지만 해츨링 단계인 것은 맞았다.

그런데 드래곤의 새끼로 태어나 드래곤이 된 것이 아니기에 재중은 거기서 멈춘 것이다.

사실 드래곤의 피를 몸 안에 받아들이고 살아남았다는 것부터가 거의 불가능한 일이었기에 테라도 흑기병도 여기서 재중의 힘이 멈출 것이라고 생각했다.

하지만 웬걸.

방금 테라의 말 한마디로 재중은 재중의 머릿속에 있던 굳은 생각이 깨지면서 동시에 재중의 두 번째 각성이자 마지막 각성의 문도 열려 버린 것이다.

인간은 소우주라고 했던가?

가능성이 너무나 많아서 모든 인간이 부처가 될 확률이 있다고 누군가 말했던 것처럼, 재중은 그동안 가능성을 품고만 있었는데 그것이 드디어 열렸다.

어떻게 보면 좋은 일이지만 테라와 흑기병의 입장에서는 뭔가 좋지도, 그렇다고 나쁘다고 할 수도 없는 예측이 불가능한 상태였다.

무엇보다 지금 테라가 가장 걱정하고 있는 것은 바로 재중의 인격이었다.

─혹시라도 두 번째 각성으로 마스터의 인격이 드래곤의 피에 먹혀 버리면… 어쩌지?

테라는 지금까지 알고 있던 재중의 인격이 사라지고 자신이 알고 있는 전형적인 드래곤의 인격이 나타날까 봐 그것이 두려웠다.

자신이 마스터로 받아들이고 좋아한 것은 재중이지 오만

한 드래곤이 아니었다.

―믿어라.

걱정스런 테라와 달리 흑기병은 그 자리에 서서 묵묵히 기다리고 있었다.

―깡통.

테라는 이런 상황에도 묵묵히 재중을 믿고 기다리는 흑기병의 모습에 자극을 받았는지 표정을 다부지게 하고는 흑기병의 옆에 섰다.

―그래, 내가 믿지 않으면 누가 마스터를 믿겠어. 분명히 무사히 돌아오실 거야. 드래곤의 피에 절대로 지지 않으실 거야. 절대로.

이미 한 번 피의 각성을 했을 때도 재중은 이겨냈다.

그렇기에 희망을 걸어보는 것이다.

재중이 다시 한 번 더 이겨내기를 말이다.

한편, 이렇게 밖에서는 테라와 흑기병이 발을 동동 구르면서 기다리고 있지만 정작 재중 본인은 너무나 평온한 상태였다.

'이게 마나였나?'

마치 푸른빛의 물속에 있는 것 같은 느낌이다.

숨도 쉴 수 있고 머리끝부터 발끝까지 너무나 편안함이 느껴지는 그런 기분 말이다.

'아, 편안하다. 너무 편해.'

재중은 자신도 모르게 그 편안함에 빠져들기 시작했다.

마치 엄마의 품속에 있는 것 같은 느낌도 들었고, 한편으로는 정말 편안한 곳에 누워 있는 것 같은 느낌이 너무나 좋았다.

그런데 그런 편안함에 점점 빠져들고 있을 무렵,

크아아아아앙!!

갑자기 재중의 뇌리에 엄청난 포효가 몰아치더니,

'크윽! 뭐야, 이건?!'

조금 전까지의 편안함이 순식간에 사라지면서 무언가가 몸을 지배하기 시작했다.

크아아앙아!!

그리고 재중의 뇌리에 울리는 포효가 커질수록 몸을 지배하는 힘도 같이 강해지고 있었다.

'뭐야, 이건?!'

뭐가 뭔지 알 수가 없었다.

지금 이 힘이 무엇인지, 머릿속에 계속해서 울리는 포효는 누구의 것인지 말이다.

그러다 문득 오래전의 기억이 떠올랐다.

'각성… 설마… 나 또 피의 각성을 하는 거야?'

재중은 설마 각성이 또 남아 있으리라고는 생각지도 못했기에 지금의 상황이 믿어지지 않았지만, 자신의 몸을 지배하려고 하는 힘이 강해질 때마다 잊힌 기억이 되살아나고 있었다.

'안 돼! 내가 그까짓 파충류에 질 것 같아!!'

본능적으로 알 수 있었다.

지금 포효를 지르는 것은 자신의 몸에 있는 드래곤이라는 것을 말이다.

그리고 지금 포효를 지를 때마다 강해지는 힘도 바로 드래곤의 피에서 나온다는 것을 알 수 있었다.

즉 지금 이 포효와 힘에 굴복하는 순간 재중은 사라질 것이다.

몸은 남아 있겠지만 지금의 재중이 굴복한 이상 그의 몸을 지배할 것은 바로 드래곤의 피에 잠들어 있던 드래곤의 인격일 테니 말이다.

쫘악!!

원인과 이유를 알았으니 이제 재중이 해야 할 일은 오직 하나였다.

버티는 것, 그리고 지지 않는 것, 마지막으로 살아남는 것이다.

첫 번째는 드래고니안과의 싸움 도중이었기에 죽음의 문턱까지 갔다가 온 각성이다.

어쩌면 오히려 그래서 더 쉽게 이겨냈는지도 몰랐다.

그만큼 정신력이 극도로 예민하고 강해져 있었으니 말이다.

하지만 지금 두 번째 각성은 재중의 입장에서는 뜻하지 않게 찾아온 불행이나 마찬가지였다.

'버틴다! 어떻게든 살아남을 것이다! 길거리에서 쓰레기를 주워 먹으면서도 살아남았던 나야! 이까짓 것에 질 리가 없어!!'

그리고 기나긴 싸움이 시작되었다.

재중과 드래곤의 피의 몸을 차지하기 위한 싸움이 말이다.

Chapter 11
잠들어 버린 재중

재중귀환록

—어때?

　벌써 열두 시간째다.

　재중이 드래곤의 피와 싸우기 시작한 지 말이다.

　시간이 흐르다 보니 결국 테라는 연아에게 가서 재중이 볼 일이 있어서 급하게 어딜 갔으며 며칠 걸릴 수도 있다고만 하고 바로 왔다.

　그리고 오자마자 재중의 상태를 흑기병에게 물었다.

　—여전해. 하지만 지금 드래곤의 피가 마스터의 몸을 잠식하던 것이 멈춘 것은 확실한 것 같아.

―아, 마스터, 제발… 제발… 무사히 돌아오세요. 그깟 변온동물한테 지면 안 돼요, 마스터.

―넌 드래곤의 마도서가 드래곤을 그렇게 말해도 되는 거야?

테라의 말에 흑기병이 한마디 하자,

―까짓것, 알 게 뭐야. 마스터는 선우재중이라는 이름을 가진 존재뿐이야! 흥!

―하긴…….

테라의 조금은 무데뽀 같은 말에 흑기병도 동의했다.

자신도 재중을 마스터로 모신 것이지 드래곤을 마스터로 모신 것은 아니니 말이다.

처음이야 드래곤의 피의 각성으로 인해 인연을 맺었지만, 지금은 그 인연보다 재중의 존재가 더 클 수밖에 없는 테라와 흑기병이었다.

쩌걱!!

―웅?

―깨어난다!

거의 열다섯 시간 동안 마나의 품속에서 지겹게 이어지던 드래곤의 피와 재중의 싸움이 드디어 끝나가고 있었다.

쩌거걱!!

―마나의 보호가 깨어지고 있어.

—그 말은 각성이 끝났다는 거겠지.

테라도 흑기병도 본능적으로 재중의 지금 상태가 가장 위험하다는 것을 알고 있다.

지금까지는 마나가 재중의 몸을 보호했지만, 각성이 끝나는 순간 아주 짧은 순간이지만 재중은 완전 무방비 상태가 되는 것이다.

—난 땅을 맡지.

재중에게 아주 작은 낙엽이라도 닿아도 어떤 상황이 벌어질지 모르기에 흑기병이 곧바로 재중의 아래쪽에 위치를 잡았다.

—난 그럼 하늘.

테라는 곧바로 재중을 내려다보는 곳으로 솟아올라서 멈춰 섰다.

쩌거거거!! 쩌걱!!

그리고 불과 몇 분도 지나지 않아 재중을 감싸고 있던 마나의 보호가 완전히 깨어져 버렸다.

파삭!!

—깡통! 마스터를 받아!!

마나의 보호가 깨지자 재중의 몸은 마치 끈이 떨어진 인형처럼 그대로 땅으로 떨어졌다. 하지만 흑기병이 빠르게 뛰어오르면서 조금의 흔들림도 없이 안전하게 재중을 안아

들었다.

─마스터는 어때? 깨어나셨어?

흑기병이 재중을 안전하게 받아 들자 테라는 곧장 내려와 재중의 안부를 물었다.

하지만 재중은 눈을 감은 채 잠들어 있는 모습 그대로이다.

─테라, 마스터께서는 언제쯤 깨어나시지?

지금 상태를 보면 재중은 완벽하게 잠든 상태였다.

하지만 흑기병의 물음에 테라는 고개를 저을 수밖에 없었다.

─나도 확신을 못해. 마스터는 인간이자 드래곤이시니 말이야.

─흠, 그럼 우선 이곳보다 안전한 곳을 찾아야겠다.

흑기병은 지금 재중의 안전이 최우선이었다.

지금의 재중은 어린애가 칼을 들고 와서 찔러도 상처를 입고 죽을 수도 있는 가장 약한 상태였다.

─기다려. 내가 안내할게. 마스터의 수련 때문에 찾았던 곳인데 이렇게 쓰일 줄이야.

흑기병의 말에 테라가 안내한 곳은 무인도의 중앙에 위치한 커다란 동굴이었다.

이미 테라가 그곳에 재중의 수련을 위해 텐트부터 침낭까지 모두 가져다 놓았기에 흑기병은 그저 재중을 침낭에 넣어서 텐트 안으로 옮기기만 하면 되었다.

─지금부터 우리 본연의 임무로 들어간다.

흑기병의 기세가 순식간에 바뀌었다.

─하긴, 수면기의 드래곤을 지키기 위해 우리가 존재하는 거니까.

드래곤의 가디언은 본래 드래곤의 수발을 드는 존재가 아니었다.

그들의 존재 이유는 오직 하나, 수면기에 들어간 드래곤을 지키는 것이었다.

다만 지금까지 재중은 수면기가 없었기에 테라와 흑기병은 자신들의 본연의 임무를 수행할 필요가 없었던 것이다.

하지만 지금 재중의 상태는 수면기보다 더욱 위험했다.

그런데 흑기병과 달리 테라는 뭔가 생각하더니 혼잣말처럼 물었다.

─작은 마스터는 어쩌지?

테라가 말한 작은 마스터는 바로 연아였다.

당장 재중이 위험한 상태라서 지키긴 해야겠지만, 연아의 존재가 재중의 버팀목이라는 것을 잘 알고 있는 테라였다.

이대로 자신들이 모두 재중의 곁에 있다가 혹시라도 연아에게 무슨 일이 생긴다면 나중에 깨어날 재중에게 면목이 없다.

―…….

혹기병도 그걸 잘 알고 있는지 테라의 말에 자신의 기세를 봉인하듯 죽여 버리더니 천천히 걸음을 옮기기 시작했다.

―내가 작은 마스터를 지킬 테니 넌 마스터를 지켜라. 나보다는 테라 네가 유리하겠지. 넌 드래곤의 마도서니까.

오직 무력만 쓸 수 있는 혹기병이기에 냉정하게 생각하고 내린 결론이다.

연아의 경우 혹기병의 무력이면 얼마든지 지키는 게 가능했다.

하지만 재중은 지금 상태에서 뭔가 변화가 있다면 그로서는 속수무책이다.

하지만 드래곤의 마도서인 테라가 곁에 있다면 최소한 자신보다는 안전할 것이라는 판단이 선 것이다.

혹기병은 결론을 내리자 지체없이 방금 전 퍼뜨렸던 기세를 모두 다시 봉인하고 연아에게로 향했다.

―걱정 마. 마스터만큼은 꼭 지킬 테니까.

―그럼.

그 길로 혹기병은 어둠을 통해 연아에게 갔고, 테라만 덩그러니 남게 되었다.

언제 깨어날지 그 누구도 모르는 재중을 기다리면서 말이다.

"오빠에게 무슨 일이 있나?"

역시 핏줄이 무서운 건지 연아는 자신도 알지 못하는 가슴의 두근거림이 멈추지 않아 쉽게 앉아 있지 못하고 있었다.

"아니야. 테라 언니가 볼일 때문에 갔다고 했으니까 그냥 볼일만 보고 올 거야."

연아는 재중에게 천산그룹과 합치면서 테라가 카페를 그만두었다는 말을 들었다.

서운하긴 했지만 본래 테라가 하던 공부를 하기 위해 그만 뒀다고 해서 받아들였다.

그런데 갑자기 그런 테라가 찾아와서 지금 재중이 자신과 같이 있는데 일 때문에 며칠 못 들어올 수도 있다는 말을 남기고 가버린 것이다.

처음에는 혹시나 재중이 테라와 친해지는 것인가 기대하면서 넘겼다.

그런데 조금 시간이 지나자 갑자기 가슴이 두근거리기 시작하면서 좀처럼 마음이 안정이 되질 않는 것이다.

마치 처음 입양을 위해서 알래스카로 갔을 때처럼 말이다.

"연아야, 왜 그러니?"

이제는 거의 가족과 같이 지내다 보니 전희준과 연아는 서로 말을 놓고 친하게 지내고 있었다.

연아가 자신을 부르는 소리에 고개를 돌리자 역시나 전희
준이었다.

"아, 언니, 안 잤어요?"

"응. 비아 재우고 지금 나오는 길이야. 그런데 왜 그래? 안
절부절못하고 계속 서성거리고 있던데."

"아, 별거 아니에요. 그냥 신경 쓰이는 일이 있어서……."

"신경 쓰이는 일?"

전희준은 연아의 말에 표정을 살피더니 추궁하듯이 물었
다.

"무슨 일 있지?"

"아, 아니에요, 언니."

"걱정 말고 말해봐. 뭐, 큰 도움은 안 될 수도 있지만, 나도
세상 경험이 나름 적지 않으니까 최소한의 조언은 해줄 수 있
을지도 몰라."

"…그게 참 말하기 애매해서……."

전희준의 말에 연아는 잠시 고민하는 듯하더니 결국 이야
기를 하기 시작했다.

재중이 갑자기 사라졌고, 전에 같이 있던 테라가 와서 자신
과 함께 일이 있어서 한 며칠 못 들어올 수도 있다고 말한 것
을 말이다.

"음, 그럼 걱정할 필요 없는 거 아니야? 다른 사람도 아니

고 테라 씨와 같이 있다면. 재중 씨도 테라 씨와 오래된 사이 같던데."

이야기만 들었을 때는 연아가 걱정할 필요가 전혀 없어 보이기에 전희준이 차분히 말했다.

하지만 연아의 지금 불안은 그 때문이 아니기에 다시 이야기를 계속했고, 그 말을 끝까지 들은 전희준의 표정이 심각하게 굳어지기 시작했다.

"언니, 이거 그냥 제 쓸데없는 걱정일까요?"

"……."

연아는 제발 지금 이 느낌이 자신의 기우이길 바라는 마음에 물었다. 하지만 전희준의 표정은 쉽게 좋아지지 않고 오히려 입술을 굳게 깨물었다.

"연아야, 재중 씨와 남매라고 했지?"

"네."

"그리고 재중 씨가 너를 알래스카까지 가서 찾아냈고 말이야."

"네. 저도 그때 엄청 놀랐으니까요."

"그럼 이건 순전히 내 경험인데, 사실 나도 너와 같은 느낌 때문에 며칠을 잠들지 못한 적이 있단다."

"어, 언니가요?"

연아는 지금 자신의 이 불안하고 초조한 기분을 전희준도 느꼈다는 말에 놀라서 물었다.

"그게… 나중에 알고 보니… 비아 아빠가 교통사고로… 죽은 날이었어, 그날이."

"헉!!"

전희준의 말에 연아는 눈이 찢어질 만큼 놀란 표정을 지었다.

"어, 어, 언니, 그럼… 비아 아버지는 이미 돌아가신… 거예요?"

"응. 전에 재중 씨에게 형사가 찾아온 적 있지?"

"네."

"그때 내가 재중 씨한테 대신 좀 알아봐 달라고 했는데… 가족이 없는 사람으로 처리돼서 이미 화장했다고 하더라."

"언니……."

"지금은 그게 중요한 게 아니야. 아무래도 재중 씨에게 무슨 문제가 생겼을지도 몰라."

"…언니, 정말 그런 걸까요?"

"부부 사이에도 이런 느낌이 통하는데 피를 나눈 남매는… 더할지도 몰라."

"그, 그럼… 우선 테라 언니에게 전화해 볼게요."

"응, 그래. 제발 그냥 내 쓸데없는 걱정이었으면 좋겠다."

전희준은 정말 걱정하는 마음에서 자신의 경험을 사실대

로 말해준 것이다.

그래야 연아가 충격을 덜 받을지도 모른다는 판단에서 말이다.

세상에 유일한 오빠인 재중에게 무슨 일이 생긴다면 아마 연아는 버티기 힘들 것이다.

그건 전희준 자신도 마찬가지였으니 말이다.

세상에 가족이라고는 남편과 비아뿐인데, 그중에서 가정의 기둥인 남편이 한참 전에 죽었다는 것을 알았으니 오죽했겠는가?

빚을 남기고 집을 나가서 미워도 했지만 그래도 남편이고 비아의 아빠였다.

"저기… 저 연아인데요, 테라 언니."

―어? 연아 씨, 어쩐 일이세요?

테라는 이미 흑기병으로부터 연아에게서 전화가 올 것이라는 것을 듣고 준비하고 있었다.

"혹시 지금 오빠 옆에 있어요?"

―재중 씨요? 음, 어쩌죠? 조금 전에 잠들어서 깨우기 그런데.

테라가 태연하게 재중이 잠들었다고 거짓말을 하자,

"그럼… 테라 언니, 죄송한데… 오빠가 자고 있는 모습이라도 사진을 찍어서 보내주시면 안 돼요?"

―…왜요? 무슨 걱정되는 일 있어요?

"아, 그게 아니라 제가 나쁜 꿈을 꿔서… 그냥 그래서
요."

―네. 그런데 사진을 찍으려면 플래시를 켜야 하니 차라리
조금 어둡더라도 영상통화로 보는 건 어때요?

테라가 영상통화를 하자고 하자 오히려 연아는 대환영이
었다.

영상통화만큼 확실한 것이 없으니 말이다.

"네. 상관없어요.

―제가 다시 영상통화로 걸게요.

그렇게 전화를 끊은 테라는 한숨을 크게 내쉬었다.

―아, 작은 마스터에게 거짓말을 해야 하다니. 애고.

만약에 지금 재중의 상태를 알게 되면 당장 연아의 입장에
서는 병원으로 데리고 가자고 난리칠 것이 뻔했다.

하지만 지금 재중은 깨어나지 못하고 있는 것도 물론 큰일
이지만, 가장 큰 문제는 잠에서 깨었을 때 과연 재중의 인격
일지, 아니면 드래곤의 인격일지 테라도 예상하지 못하고 있
다는 데 있었다.

그렇기에 최대한 연아를 안심시키는 선에서 생각해 낸 방
법이 바로 영상통화였다.

거기다 확신을 주기 위해서 재중이 잠자는 숨소리까지 들

려주기로 마음먹었다.

사실 재중의 지금 상태가 잠들어 있는 것임은 확실했으니 말이다.

―잠시 조명 좀 낮게 켜고, 잠깐 마스터의 숨소리 확인도 하고. 오케이~

철저하게 준비를 한 뒤에 다시 연아에게 전화를 건 테라는 자신있게 재중이 자는 모습부터 시작해서 숨소리까지 생생하게 들려주었다.

"아, 언니, 고마워요."

―뭘요, 우리 사이에. 그럼 걱정하지 말고 자요. 나중에 일어나면 연아 씨에게 연락하라고 할 테니까요.

"네. 그럼 테라 언니도 쉬세요."

그리고는 전화를 끊은 연아였다.

물론 끊긴 전화를 본 테라는 연아가 듣지 못할 말을 남기긴 했지만 말이다.

―언젠가는 깨어나실 거예요. 그때는 꼭 작은 마스터에게 연락하라고 할게요.

잠깐 해프닝 같은 일이 있긴 했지만, 연아는 재중의 숨소리까지 확인하고는 편안하게 잠들 수가 있었다.

물론 테라는 드래곤의 가디언으로서 본연의 임무를 수행하는 중이고 말이다.

한편, 재중이 없는 집에 찾아온 사람이 있었다.

"응? 재중 씨가… 지금 집에 없어요?"

천서영은 여느 때처럼 재중이 나오기를 기다리면서 밖에서 서성이던 중이었다.

그러다 때마침 나오는 연아에게 재중이 언제 나오는지 물어봤는데 뜻밖의 소식을 듣게 되었다.

지금 재중이 없다는 것과 갑작스런 일로 며칠 동안 집에 안 들어올 수도 있다는 소식이었다.

연아의 말을 들은 천서영이 고개를 갸웃거렸다.

"멀리 갔어요?"

천서영이 생각하는 재중은 기공술의 달인, 그 어떤 사람도 살려내는 치료술을 가진 사람이기에 크게 걱정하는 표정은 아니었다.

천서영에게 재중은 트럭이 달려들어도 끄떡없을 이미지였으니 말이다.

"음, 산으로 간 것 같은데, 어제 침낭에서 자는 것을 영상통화로 봤으니까 걱정하지 않아도 될 거예요."

"아, 그래요?"

천서영은 연아의 말에 재중이 산으로 기 수련을 갔을지도 모른다고 생각했다.

"저기, 연아 씨."

"네?"

"그런데 재중 씨 혼자 갔나요?"

뜨끔!

연아는 순간 천서영의 말에 아주 살짝 눈빛이 흔들렸지만, 그걸 눈치채기에는 천서영은 아직 경험이 없고 어렸다.

"네. 갑자기 짐을 싸더니 나갔어요."

"그런데 어쩌지?"

"왜요?"

천서영이 재중이 없다는 말에 뭔가 고민이 있는 듯한 표정이자 연아는 순간 자신의 거짓말이 들켰을지도 모른다는 생각에 슬그머니 눈치를 보면서 물었다.

"바로 내일이 저희 S대 체육대회인데, 재중 씨가 축구에 참가하기로 했거든요."

"아, 그거라면 뭐 어쩔 수 없죠. 알잖아요. 오빠가 워낙에 좀 성격이 종잡을 수 없다는 걸요."

"뭐, 그건 그런데, 그게 체육대회 때 결석하면 어떤 과목이든 한 가지는 무조건 F학점을 준다고 학장이 벼르고 있어서……."

천서영은 재중이 혹시라도 F학점을 받을까 봐 그게 걱정이었다.

S대는 단 한 과목이라도 F학점을 받는 순간 무조건 유급이 결정되는 규칙이 있기에 운동 특기생들을 빼고는 모두 F만은 받지 않으려고 혈안이 되어 있었다.

학장도 그걸 알기에 F학점을 들고 나선 것이다.

"오빠도 다 생각이 있겠죠."

"혹시 재중 씨가 유급되면 나도⋯ 유급해 버릴까."

재중이 여기서 유급되면 내년에도 또 1학년이지만 천서영 자신은 3학년으로 올라간다.

지금 그녀에게는 학년을 올라가는 것보다 어떻게든지 재중과 오랫동안 대학 생활을 하는 게 목표인 만큼 재중이 만약 결석하면 천서영도 결석하거나 아니면 어떻게든지 유급해야겠다고 생각했다.

반면, 그런 천서영을 보고 있는 연아는 미안함을 속으로 삼키고 있었다.

'아, 서영 씨, 미안해요. 사실 테라 언니와 같이 갔다고는 절대로 말 못하겠어요. 미안해요.'

테라와 단둘이 산으로 갔다는 말은 죽어도 할 수 없는 연아였다.

지금의 재중에게는 여자가 주변에 많으면 많을수록 장가갈 확률이 높아지니 말이다.

'아, 바보 같은 오빠, 왜 갑자기 집을 나간 거야. 애고, 내

팔자야. 하나뿐인 오빠가 역마살이 꼈는지 종잡을 수가 없으니 원……'

그리고 시간이 흘러 일주일째. 재중은 여전히 집에 들어오지 않았다.

Chapter 12
깨어나세요

재중귀환록

―아, 마스터, 언제 깨어나시는 거예요.

　벌써 일주일째다.

　재중이 잠든 채 침낭 속에서 꿈쩍도 하지 않은 시간이 말이다.

　아무리 테라라도 일주일이 되자 조바심이 나서 발을 동동 구르는 시간이 점점 많아지고 있었다.

　―테라, 마스터의 상태는?

　흑기병은 연아 때문에 오지는 못하지만 연락은 주고받을 수 있기에 물어왔다.

―아직…….

대답은 일주일째 똑같았다.

―…이 정도면 위험한 거 아닐까?

흑기병도 재중이 일주일째 깨어나지 않자 슬슬 걱정이 들기 시작한 것 같았다.

물론 테라는 이미 3일째부터 발을 동동 구르고 있는 중이지만 말이다.

―그리고 작은 마스터도 슬슬 뭔가 이상하다는 것을 눈치채기 시작했다.

―역시… 매번 통화할 때마다 자는 모습만 보여줬으니 이제는 누구라도 의심하지. 애고, 미치겠네. 마스터, 제발 좀 깨어나세요.

테라는 텐트 안의 재중을 하루에서 수천 번씩 들여다보고 발을 동동 구르고 또 들여다보고 발을 동동 구르는 행동만 반복하고 있었다.

―아무래도 오늘이 한계일 것 같다. 작은 마스터가 오늘은 마스터와 꼭 통화를 하겠다고 벼르고 있으니까.

흑기병이 지금 연아의 상태를 그대로 전해주자 테라도 초조함을 넘어 안절부절못하기 시작했다.

―네가 어떻게 막을 순 없지?

급한 마음에 흑기병에게 연아가 전화를 하지 못하도록 어떻게 해달라고 하려고 했지만, 사실상 불가능하다는 것은 테라가 더 잘 알고 있다.

흑기병은 그림자에서 지키는 것에 특화되어 있는 녀석이니 말이다.

그런 녀석이 무슨 수로 연아가 오늘 재중에게 연락하는 것을 막을 수 있단 말인가? 사실상 불가능했다.

ㅡ음, 그럼 최후의 수단을 써야겠군.

ㅡ웅? 깡통, 너 무슨 방법이 있어?

그런데 전혀 기대도 안 한 흑기병이 뭔가 방법이 있는 것처럼 말하자 지푸라기라도 잡는 심정으로 테라가 물었다.

ㅡ작은 마스터의 핸드폰을 부숴 버리면 되지.

ㅡ뭐… 그다지 나쁜 방법은 아닌데…….

흑기병의 말을 듣는 테라는 순간 자신은 왜 그런 방법을 생각하지 못했을까 하는 생각이 스쳤다.

워낙에 마법에 익숙해져서인지 환상 마법부터 어떻게든 연아를 속일 생각만 했지 정작 가장 핵심인 연아의 핸드폰을 부숴 버리면 연락을 하고 싶어도 못한다는 것을 생각지 못한 것이다.

ㅡ깡통!

ㅡ왜?

ㅡ확실하게 부숴야 해. 알지? 혹시라도 어설프게 통화가

되면 너나 나나 서로 피곤해진다.

　─알았다.

　갑작스런 재중의 부재는 결국 흑기병이 연아의 핸드폰을 부숴 버리는 상황까지 몰고 갔다.

　그리고 정말 흑기병은 카페를 마치고 돌아가는 길에 연아의 휴대폰을 창으로 찍어버리는 무식한 방법까지 동원해서 완전히 박살을 내버렸다.

　"이게 뭐야? 아아악! 왜 멀쩡한 폰이 갑자기 반 토막이 나는 거야!"

　연아는 갑작스럽게 멀쩡하던 폰이 반 토막이 나면서 박살이 나자 황당하면서도 화가 나서 소리쳤지만 어쩔 수가 없었다.

　이미 부서진 폰을 어떻게 하겠는가?

　그런데 그때, 흑기병도 생각지 못한 변수가 발생해 버렸다.

　"새로 사야지."

　연아는 곧장 차를 몰아 가까운 대리점으로 가더니 부서진 것보다 더 좋고 비싸면서도 통화가 잘되는 폰으로 새로 사버렸다.

　거기다 클라우드에 저장해 둔 전화번호를 몇 초 만에 내려받았다.

　─…….

그런 연아의 모습에 흑기병도 더 이상 어떻게 할 방법이 없었다.

─테라야.

─응? 확실히 부쉈지?

테라는 흑기병이 연락하자 기대 가득한 표정으로 물었다.

─완전 반 토막이 나도록 내 창으로 부숴 버렸다.

─그래, 잘했어! 아주 잘했어! 깡통 너도 쓸 데가 있다니 기분이 정말 좋아! 호호호!

테라는 오늘은 연아의 연락을 걱정하지 않아도 된다는 생각에 기쁨의 포효에 가까운 웃음을 터뜨렸다.

그런데,

─하지만 작은 마스터께서 곧바로 폰을 새로 샀다.

뚝!

한순간에 테라의 웃음이 사라져 버렸다.

그리고 뭔가 불안한 듯 눈동자가 흔들리더니 흑기병에게 물었다.

─혹시… 클라우드에서 전화번호 목록도 다운받았어?

─그래. 2초 만에 다 다운받으시더라.

─젠장!!

딱 3초간의 기쁨이었다.

그리고 흑기병의 말이 끝나자마자,

지이잉! 지이잉! 지이이!

테라의 휴대폰이 요란하게 진동을 울렸고, 화면에는 선우연아라고 선명하게 이름이 떠 있다.

―나 몰라!! 망했어!!

오늘은 어떻게든지 재중을 깨워서 통화하리라 작정한 연아의 전화를 받을 수도, 그렇다고 안 받으면 이건 더욱 걱정할 테니 안 받을 수도 없는 진퇴양난의 상황에 처한 테라는 결국 한참을 고민한 끝에 통화 버튼을 터치했다.

―아, 몰라! 될 대로 되라지! 젠장!

그동안 재중의 상태로 인한 극심한 스트레스로 민감해진 테라는 거의 폭발 직전이었다.

―테라 언니?

―호호호! 네~ 오늘도 전화했어요? 어쩌죠? 또 자고 있는데.

목소리와 달리 테라는 지금 등에 식은땀이 흘러내리고 있는 중이다.

―저기… 좀 깨워주실래요? 벌써 일주일째 집에 안 들어오고 있어서 너무나 걱정돼서요. 거기다 매번 자는 모습만 봐서 목소리도 듣고 싶기도 하구요. 테라 언니, 부탁해요.

연아의 목소리가 뭔가 불안함을 느낀 건지 살짝 떨리는 것

을 눈치챈 테라가 결국 눈을 질끈 감고 텐트 쪽으로 이동하려는데,

"연아가 귀찮게 해?"

—……?!

너무나 익숙하면서도 기다리던 목소리가 들리는 순간 테라의 모든 움직임이 멈춰 버렸다.

—마스, 아니, 재중 씨.

순간 얼떨결에 재중을 보고 평소처럼 마스터라고 할 뻔한 테라가 곧 호칭을 바꿔 불렀다.

"그보다 전화 줘봐. 통화부터 해보게."

—네? 아, 네. 여기요.

멍하니 재중에게 전화를 넘긴 테라는 여전히 재중에게서 시선을 떼지 못하고 있었다.

"나다."

—오빠, 걱정했잖아!! 일주일이나 집에 들어오지도 않고, 전화하면 맨날 자고 있고!! 이 바보야!!

연아는 재중의 목소리가 들리자 순간 긴장감이 녹아내리면서 자신도 모르게 성질을 부렸다.

걱정했던 만큼 화가 났으니 말이다.

"아, 미안, 미안. 이제 끝나서 집으로 들어갈 거야. 그러니까 좀 있다 보자."

―응, 알았어. 빨리 와.

그렇게 테라의 인생 최대 위기 순간은 아무런 문제 없이 지나갔다.

―마스터, 마스터 맞죠? 그렇죠?

테라가 혹시나 재중의 인격이 아닌 드래곤의 인격일까 봐 호들갑스럽게 물었다.

"뭐… 고생은 좀 했는데 괜찮더라."

씨익~

재중이 특유의 미소를 지어 보이자,

―마스터! 으앙! 얼마나 걱정했는데요! 으악! 흑흑흑! 마스터가 사라지실까 봐! 흑흑! 얼마나 걱정했는데요! 흑흑흑!

폭포수처럼 눈물을 흘리면서 재중의 품에 와락 안겨드는 테라였다.

그리고 재중은 그런 테라의 등을 살살 두드려 주었다.

"미안하다. 걱정을 끼쳐서."

―흑흑! 아니에요, 마스터. 흑흑, 제가 미친년이지, 그때 각성의 열쇠가 되는 말을 해서… 죄송해요. 정말 죄송해요.

테라는 사실 재중이 깨어나지 않는 동안 온갖 가능성을 생각하고 구상하면서 불안한 나날을 보냈다.

특히나 자신의 말 한마디 때문에 재중이 깨달음 비슷한 것을 얻어 각성이 시작되었으니 그 마음고생은 더욱 심할 수밖에 없었다.

최악의 경우 재중의 인격이 사라지면 껍데기는 재중의 모습이지만 영혼이 없기에 드래곤 가디언의 계약을 파기할 생각까지 했다.

물론 드래곤 가디언인 테라에게 계약 파기는 곧 죽음을 의미하기도 했다.

"괜찮아. 어차피 너 아니라도 결국 겪어야 했을 일이야. 그러니까 그만 뚝!"

재중이 어르고 달래기를 거의 30분가량 하자 그제야 테라가 진정이 되는지 통통 부은 눈을 하고 재중의 품에서 벗어났다.

그리고 테라가 재중의 품에서 벗어나자 그 앞에 흑기병이 서 있다.

철커덕, 철컥!!

재중과 눈이 마주친 흑기병은 군신의 예를 표하듯 한쪽 무릎을 꿇고 재중에게 고개를 숙이면서 말했다.

―마스터, 돌아오신 것을 축하드립니다.

"응, 너도 고생 많았다."

재중은 흑기병에게 부드럽게 말하고 나자 그제야 자신이 돌아왔다는 것을 실감할 수가 있었다.

무려 일주일이었다.

옆에서는 자는 것처럼 보였겠지만, 재중은 잠들어 있는 육체 안에서 끊임없이 드래곤의 인격과 싸우기를 반복했다.

단 한 번이라도 재중의 의지가 꺾이거나 굴복하는 순간, 깨어나는 것은 재중이 아니라 지구에 드래곤이 강림하는 것이니 말이다.

하지만 결국 재중이 이겨냈다.

끝없이 이어질 것 같은 드래곤의 공격도 결국 지쳤는지 잠시 주춤거렸고, 재중은 지금까지 그 기회만 노리고 기다리고 있었기에 즉시 반격을 시도했다.

그리고 성공했다.

질 수 없는 싸움을 해야 하는 재중과, 이겨야 하는 싸움을 하는 드래곤. 과연 누가 더 강했을까?

어쩌면 이미 재중과 드래곤의 싸움은 정해져 있었을지도 몰랐다.

질 수 없는 싸움을 하는 자는 결코 지지 않을 테니 말이다.

─그런데 마스터, 조금 변하신 것 같아요.

테라는 한참 울더니 이제야 제정신을 차린 듯 마법으로 퉁퉁 부은 눈을 말끔하게 고치고 재중을 보면서 물었다.

"음, 그게 나도 사실 뭔가 변한 것 같은데… 그게 정확하게 뭔지 모르겠단 말이야."

—음, 뭔가 변한 것 같은데……. 그럼 혹시 모르니까 동굴 밖에서 한번 시험해 보실래요, 마스터?

"그래볼까?"

재중도 자신이 두 번째 각성이 끝났다는 것을 알고 있고, 무언가 변화가 있다는 것을 느끼고는 있지만 우선 겉보기에는 변한 것이 없었다.

그래서 밖으로 나온 재중은 우선 테라에게 전에 마나 로드를 살펴봤던 것처럼 다시 한 번 살펴보라고 했다.

—그럼 마스터, 잠시만 실례하겠습니다.

그리고는 전에 만들어둔 인형을 끄집어내더니 재중의 몸을 살피면서 비교를 하기 시작했다.

—어라, 이것 다 바뀌었네?

그러면서 하나씩 전의 것과 달라진 마나 로드를 수정하기 시작하더니 제법 많은 숫자의 마나 로드를 모두 바꿔 버렸다.

그리고 완성된 인형을 본 재중은 고개를 갸웃거렸다.

"이거… 어째 전의 것과 반대로 바뀐 것 같은데?"

—그러게요, 마스터.

그리고는 테라가 아공간에서 또 다른 인형을 꺼냈는데, 이번에 꺼낸 것은 한의원에서 자주 볼 법한 인체의 혈 자리와 침 자리가 가득 그려진 인형이었다.

─역시… 똑같아요.

"그렇지?"

재중은 테라가 자신의 몸을 살펴보고 만든 마나 로드가 가득한 인형과 테라가 뒤에 꺼낸 보통 사람의 혈 자리가 가득한 인형을 비교하고는 똑같다는 것을 알 수가 있었다.

아니, 거의 복사판이라고 해도 믿을 만큼 똑같은 수준이다.

─어떻게 이게 가능하죠?

테라는 재중의 마나 로드가 완전 새롭게 바뀌어서 본래 인간의 모습으로 돌아온 것에 놀라움을 감추지 못했다.

물론 그 주인공인 재중도 놀랍기는 마찬가지였다.

마나 로드는 그 생물의 특성이기 때문에 바뀌는 경우가 없다고 들었다.

만약 마나 로드가 바뀐다면 그건 죽음을 의미한다고 할 만큼 마나 로드의 변화는 절대로 있을 수 없는 일이었으니 말이다.

그런데 지금 재중은 벌써 인간에서 드래곤으로 1차 각성 때 한 번 바뀌었고, 이번에 2차 각성 때 또 바뀌어 버렸다.

결론적으로는 원위치로 돌아오긴 했지만, 이걸 어떻게 받아들여야 할지 난감한 재중이었다.

─음, 마스터, 어차피 결론적으로는 좋은 거죠, 이거?

"뭐… 그렇겠지?"

—에이, 그럼 됐어요. 걱정하는 것보다 무사히 돌아온 것에 만족하죠.

테라도 드래곤의 모든 지식을 동원해도 재중의 경우만큼은 도저히 알 길이 없기에 결국 있는 그대로 받아들이기로 했고, 재중도 별수 없이 고개를 끄덕였다.

사실상 드래곤의 마도서인 테라가 모른다면 지구와 대륙을 통틀어서 그 누구도 알지 못할 텐데 아무도 모르는 것을 머리 싸매고 고민할 필요는 없었다.

있는 그대로 받아들이는 것이 때로는 해결책이 되기도 했다.

—그런데 이제 마스터의 힘은 얼마나 늘었을까요? 1차가 해츨링 단계였는데 통계적으로 2차 각성으로 성룡이 되면 해츨링 때보다 최소 열 배에서 최대 무한대까지 힘이 늘어나거든요.

"무한대?"

재중은 테라의 말에 설마 하는 표정으로 보았지만, 테라는 통계가 그렇다고 하면서 이유를 설명했다.

—이유는 간단해요. 드래곤은 나이를 먹으면서 드래곤 하트에 마나를 계속 쌓아가는 존재예요. 그리고 그 말은 나이를 먹을수록 계속 끝없이 강해진다는 뜻이구요.

"…그런가?"

재중이 대륙에 있을 때는 이미 드래곤이 모두 사라진 뒤였기에 본 적도 없다.

그러니 당연히 드래곤이 얼마나 강한지는 재중도 모를 수밖에 없었다.

다만 재중이 각성하자 그 후부터는 드래고니안들이 오히려 그를 피해서 숨어 다녔던 사실 하나만 봐도 차원이 다른 강함인 것은 확실했다.

그런데 이번에 해츨링이라는 드래곤 중에서도 가장 약한 단계의 힘에서 각성해 결과적으로 드래곤으로 치면 성룡으로 진입한 재중의 힘은 과연 어느 정도일지 재중 본인도 테라도 알 수가 없었다.

대륙에서도 드래곤이 자신의 힘을 모두 드러내는 경우는 드래곤 평생 한 번 있을까 말까 할 만큼 극히 드문 일이었으니 말이다.

―마스터, 이 인형 가슴 중앙의 푸른 것이 보이시죠?

재중이 쉽게 받아들이지 못하는 것 같아 보이자 테라는 인형의 가슴 중앙에 있는 푸른색의 주먹만 한 것을 가리켰다.

"응."

―이게 마스터의 드래곤 하트예요. 마스터는 휴먼 하트라고 해야 하나? 아무튼 드래곤처럼 마나를 계속 모아서 죽을 때까지 강해지는 드래곤과 똑같은 역할을 하니까 이름은 다

르지만 기능은 같은 거예요.

"그래? 이게 내 가슴에 있단 말이지?"

재중은 테라가 만든 자신의 몸 구상도의 드래곤 하트를 보고는 뭔가 이상한 기분이 들었다.

받아들이기로 마음먹자 마치 그것이 원래부터 있었던 것처럼 느껴졌다.

Chapter 13
성룡의 증거

재중귀환록

—아!

　"······?"

　인형을 살펴보던 재중은 갑자기 테라가 크게 소리치자 고
개를 돌렸다.

　—마스터, 마스터가 정말 드래곤이 된 것인지 아닌지 확실
히 알 수 있는 방법이 있어요!

　"그래?"

　테라의 말에 재중도 입가에 미소가 그려지기 시작했다.

　뭔가 찜찜하고 지금의 상황이 영 불편했으니 지금 테라의

말은 재중에게 그 어떤 말보다 반갑게 들릴 수밖에 없었다.

─몇 가지 방법이 있지만, 가장 확실한 건 드래곤 브레스를 쓰는 거죠.

"으잉? 내가 드래곤 브레스를 쓴다고?"

─네. 아, 이건 인간의 몸이니까 불가능한가?

테라는 드래곤도 인간의 몸으로 변신하면 브레스를 쓰지 못했던 것이 뒤늦게 기억났다. 하지만 이미 재중은 테라의 말만 듣고 허공에 대고 숨을 깊이 들이마시기 시작한 상태였다.

─마스터, 그게…….

쿠아아아아아아아앙!!

우르르릉!!

재중이 깊게 들이마신 숨을 마치 일순간 토해내듯 강하게 뱉어내자 뜻밖에도 나오라는 브레스는 나오지 않고 엉뚱한 드래곤 피어가 튀어나왔다.

─마, 마스터, 방금 그거 드래곤 피어죠?

"…그런 것 같다, 아무래도."

─허얼, 대박! 마스터, 성룡이 되신 걸 축하해요!

"응?"

─드래곤이 성룡이 되면 쓸 수 있는 기술이 바로 세 가지가 있어요. 이걸 드래곤들은 성룡의 증거라고 하는데, 이 세 가지 중에 하나라도 완벽하게 사용하면 우선 성룡으로 인정해

주는 거예요. 다른 것은 차차 마나가 쌓이면 자연스럽게 사용할 수 있는 거니까요.

"그래? 그럼 브레스와 피어 다음은 뭐야?"

재중은 테라가 성룡의 증거로 세 가지라고 했는데 아직 한 가지가 남았기에 물었다.

─바로 드래고닉 오러예요.

"드래고닉 오러? 소드 마스터들이 쓰는 그런 오러 블레이드 말이야?"

오러라는 말을 듣자 재중의 뇌리에 바로 떠오른 것이 바로 소드 마스터들이 사용하는 오러 블레이드였다.

세상에 자르지 못하는 것이 없다고 알려진, 인간이 사용할 수 있는 최고의 무기, 그리고 동시에 최강의 무기인 오러 블레이드 말이다.

그런데 재중의 말에 테라는 고개를 저으면서,

─그건 인간들이 사용하는 마나의 변형일 뿐이에요. 드래고닉 오러는 드래곤만 사용할 수 있는 오러예요. 과거 역사를 보면 드래고닉 오러를 부러워한 인간이 자신도 그런 힘을 쓰고 싶어서 수련하다가 만들어낸 것이 오러 블레이드라고 기록되어 있어요. 그것만 봐도 드래고닉 오러는 드래곤들만의 특수한 힘이거든요.

"…그래? 그럼 어떻게 사용하는 건데?"

―간단해요. 몸 안의 마나를 모두 하늘로 쏟아낸다는 느낌으로 힘껏 뿜어보세요, 마스터.

"그래? 의외로 간단하네?"

뭔가 복잡한 기술이라도 있을 줄 알았던 재중은 테라의 말대로 몸 안의 마나를 한껏 응축했다가 하늘을 향해 쏟아냈다.

마치 하늘을 뚫어버릴 듯한 기세로 말이다.

쾅!!

그런데 재중의 몸에서 마나가 폭발적으로 터져 나오면서 일직선으로 뻗어 올라가기 시작하더니 놀랍게도 구름을 뚫고 지구를 벗어나 우주로 날아가 버렸다.

"헉헉! 이건 좀 힘드네."

몸 안의 마나를 거의 모두 쏟아버릴 만큼 폭발시켰으니 아무리 재중이라도 지치는 것은 당연했다. 그런데 재중이 드래고닉 오러를 끝내고 고개를 돌렸는데 뭔가 이상했다.

"…여기 있던 섬, 어디로 갔지?"

황당하게도 재중이 방금 전까지 서 있던 섬이 사라져 버리고 없었다. 웬만한 대학교 부지만큼 큰 섬이었는데 드래고닉 오러 한 번에 깔끔하게 흔적도 없이 사라져 버린 것이다.

그런데 섬이 사라진 것에 당황하는 재중과 달리 테라는 당연하다는 듯 엄지손가락을 치켜세우더니,

―그게 바로 드래고닉 오러예요.

"…이게?"

재중은 그냥 마나를 한껏 폭발시켜 하늘로 쏘아 보냈을 뿐이다. 그렇기에 엉뚱하게 발아래에 있던 커다란 섬이 통째로 사라졌다는 것이 이해가 가질 않았다. 아니, 이건 기본적으로 이해를 떠나 괴상한 현상이었다. 거기다 지금 재중은 발을 딛고 있던 섬이 사라졌는데도 허공에 머물러 있었다.

테라가 마법으로 띄워준 것도 아닌 상태에서 말이다.

─드래고닉 오러는 성체가 된 드래곤이 첫 비행할 때 꼭 사용해야 하는 기술이기도 해요.

"뭐? 첫 비행?"

─마스터, 좀 이상하다는 생각 들지 않으셨어요?

"뭐가?"

─드래곤이 덩치에 비해서 날개가 너무 작다는 걸 자료로 보셨잖아요.

"응? 아, 그야… 마법으로 날아다니는 거 아니었어?"

테라가 재중에게 지금은 사라진 드래곤들을 종류부터 시작해 사진 같은 그림으로 보여준 적이 있다.

물론 그때 그림에서도 공기 역할 등을 생각해도 드래곤의 덩치에 비해 날개가 너무 작아 보이긴 했었다. 하지만 대륙에서는 마법사도 날아다니는 상황이니 드래곤은 스스로 마법으로 날아다닌다고 생각했던 것이다.

─아니요. 드래곤의 그 엄청난 덩치를 겨우 비행하는 데 사용하기에는 너무 쓸데없는 마법 소모가 심해요. 그리고 마법의 원류라고까지 자부하는 드래곤이 겨우 날아다니는 것에 마나를 쓰는 것을 좋아하지도 않구요. 혹시라도 하늘 높이 날던 드래곤을 다른 드래곤이 마법 캔슬이라도 걸면 꼼짝없이 떨어져서 아마 높이에 따라 즉사해 버릴 걸요?

"하긴… 드래곤도 살아 있는 생물이니까."

─드래곤은 마법으로 날아다니는 게 아니에요. 바로 드래고닉 오러를 사용하는 순간 몸 안의 마나가 주변의 마나에 반응해서… 음, 뭐라고 이야기해야 하지? 아, 자기부상열차 아시죠? KTX요.

"응, 그거야 알지."

─간단하게 설명하면 원리가 그거랑 비슷해요. 드래고닉 오러가 폭발하는 순간 주변의 마나와 반대되는 성질을 띠게 돼요. 그리고 마나는 같은 것은 서로 끌어당기지만 반대는 밀어내고요. 자석과는 좀 다르지만 비슷한 원리로 그렇게 날아다니는 거예요. 무엇보다 지금 그 증거로 마스터께서는 하늘에 떠 있잖아요.

"드래곤이라는 거, 편한 생물이구나."

마법이 강하기로는 적수가 없고, 거기다 마나의 성질까지 이용해서 마음만 먹으면 얼마든지 날아다니는 기술까지 지녔으니 말이다. 재중은 이제 1차 각성 때는 꿈도 꾸지 못할 기술들을 사용할 수 있게 되었다.

물론 드래곤 브레스만큼은 역시나 불가능했지만 말이다.

―아, 드래곤 브레스만 쓸 수 있으면 진짜 최고일 텐데…….

테라는 재중이 인간의 형태를 하고 있기에 유일하게 드래곤 브레스만은 쓰지 못하는 것이 아쉬운 듯 한마디 했다.

하지만 재중은 드래곤 피어, 그리고 하늘을 마음대로 날아날 수 있고 섬까지 통째로 날려 버리는 드래고닉 오러만 해도 솔직히 자기 자신이 무섭게 느껴지는 중이다.

"그만 집으로 가자."

머물던 섬까지 사라진 마당에 계속 이곳 바다 위에 떠 있는 것이 뭔가 뻘쭘한 재중이 한마디 하자,

―네, 마스터. 그럼 텔레포트를 할게요.

그러면서 재중의 품에 안겨드는 테라였다.

―텔레포트~

쓩~

그리고 재중과 테라의 흔적은 감쪽같이 사라져 버렸다.

"사라졌군. 내가 한발 늦은 건가?"

재중이 사라지고 한 10분이 지났을까? 정확하게 재중이 드

래고닉 오러를 하늘을 향해 쏘아 올린 그 자리에 붉은색의 긴 머리에 보는 것만으로도 빨려들 것 같은 매력적인 여성이 허공에 모습을 드러냈다.

"드래고닉 오러였는데, 음, 누구지?"

사실 테라가 재중에게 말하지 않은 것이 있었는데, 드래고닉 오러는 성체가 된 드래곤이 첫 비행을 위해서 꼭 해야 하는 기술이기도 하지만 그 이면에는 자신이 해츨링에서 벗어나 성체 드래곤이 되었다는 것을 다른 드래곤에게 알리는 역할도 있었다. 즉 나 이제 어른이라고 동네방네 소문내는 것이다.

물론 지구에는 재중 외에 드래곤이 없을 것이라는 생각에 테라는 말하지 않았다.

어차피 마나의 기둥이기에 마나를 품고 태어나는 드래곤이 아닌 인간들의 눈에는 보이지도 않았으니 걱정할 것도 없었다.

그런데 뜻밖에도 재중이 사라지고 간발의 차이로 나타난 붉은색 머리의 매력적인 여성이 재중이 방금 전에 쓴 드래고닉 오러를 정확하게 알고 있는 것이 아닌가?

『재중 귀환록』 8권에 계속…

생텀

이영균 판타지 장편 소설

FUSION FANTASTIC STORY

취재 현장에서 맞닥뜨린 녹색 괴물.
그리고 무혁은 한 번 죽었다.

죽음에서 깨어난 무혁에게 다가온 것은
숨겨졌던 이세계, 생텀의 존재였다!

현대에 스며든 악신 투르칸의 잔인한 손길.
생텀에서 온 성녀 후보 로미와 도멜 남작을 도우며
무혁의 삶은 점차 비일상에 접어드는데……

이계와의 통로는 과연 우연인 것인가?
생텀(Sanctum)의
진정한 의미를 찾아라!

Book Publishing CHUNGEORAM

유행이 아닌 자유추구 ·
WWW.chungeoram.com

말년병장, 이등병되다!

에바트리체 장편 소설
FUSION FANTASTIC STORY

대한민국 남자라면 알고 있을 바로 그 이야기!

『말년병장, 이등병 되다!』

전역을 코앞에 둔 말년병장, 이도훈.
꼬장의 신이라 불리던 그가 갑자기 훈련병이 되었다?!

"…이런 X같은 곳이 다 있나!"

전우애 넘치는 군인들의
좌충우돌 리얼 군대 이야기!

FANATICISM HUNTER

광신사냥꾼

류승현 판타지 장편 소설

FANTASY FRONTIER SPIRIT

「블레이드 마스터」의 류승현 작가가 펼쳐내는
판타지의 새로운 신화!

마도대전을 승리로 이끈 유리언 대륙의 영웅,
최강의 아크 메이지 제온!

그러나 '세상의 섭리'에 아내와 아이를 빼앗기는데…….

『광신사냥꾼』

만약 그것이 정말로 세상의 섭리라면,
그마저도 무너뜨리고 말리라!

복수를 위한 제온의 위대한 여정이 시작된다!

Book Publishing CHUNGEORAM

유행이 아닌 자유추구 ~
WWW.chungeoram.com